Gefangene, Befreier und ein blutiger Platz!

Widmung:

Dieses Buch ist niemanden gewidmet!

Jörg Maaß

Jörg Maaß

Gefangene, Befreier und ein blutiger Platz!

Kurzgeschichten
von
Jörg Maaß

Bibliografische Information der Deutschen Nationalbibliothek:
Die Deutsche Nationalbibliothek verzeichnet diese Publikation in der Deutschen Nationalbibliografie; detaillierte bibliografische Daten sind im Internet über http://dnb.dnb.de abrufbar.

Überarbeitete Fassung
© 2017 Jörg Maaß
Illustration/Cover: "VaJuDo"

Herstellung und Verlag: BoD – Books on Demand, Norderstedt
ISBN 9783739210483

Vorwort

Diesmal nur einige kleine Anmerkungen:

Die Storys sind wieder sehr unterschiedlich und abwechslungsreich, aber (und nicht nur meines Erachtens) vom Inhalt her (noch) besser als die des letzten Buches (*Depressionen, WM-Fieber und andere Krankheiten*)! Dasselbe gilt auch für die Gedichte!

Insgesamt ein gutes Buch, wobei einige Storys und Gedichte etwas herausragen: (Gefangene, Visionen eines Todgeweihten, Wüste, Pilze und der Tod, Der Stein) Wie immer habe ich etwas aus meinem letzten Buch mit hinzugefügt, diesmal die Kurzgeschichte: „Ein ungewöhnlicher nächtlicher Spaziergang!"
Die "Befreierbefreiung" ist die Fortsetzung der Befreiung (aus: *Depressionen, WM-Fieber und andere Krankheiten*) und „Die unbekannten Weisheiten des 20. und 21. Jahrhunderts!" ein Wortspieltext, den ich manchmal bei Poetry Slams vortrage.

Viel Spaß beim Lesen

Jörg Maaß

Visionen eines Todgeweihten

Seine Haut fühlte sich glühend heiß an. Das Bettlaken und der Bettbezug waren klitschnass von den Schweißausbrüchen.

Die nächtlichen Halluzinationen ängstigten ihn sehr. Besonders jene, wo er das Gefühl hatte, dass die Wände und die Decke des Zimmers ihn erdrücken wollten, weil diese den Eindruck erweckten, dass sie mit rasender Geschwindigkeit auf ihn zukamen. Er wusste natürlich (*wenn das Fieber aufgrund der Medikamente etwas zurückging*), dass es sich dabei nur um Fantasien handelte, hervorgerufen durch seine erhöhte Körpertemperatur, aber trotzdem fing er an, vor Angst laut zu schreien. Ja, er schrie so laut, bis Menschen in dem Raum kamen. Letzte Nacht hatte sich jemand auf einem Stuhl neben dem Bett hingesetzt und war die ganze Nacht bei ihm geblieben.

Sie sagten ihm, er sollte schlafen. Die hatten gut reden, denn der Schlaf stellte sich als noch viel furchterregender heraus. Wenn er die Augen schloss und einschlief, „erblickte" sein Geist unglaubliche Dinge. Eine dunkle Gegend mit riesigen, von Höhlen durchzogenen Gebirgsketten, in denen große, furchterregende Kreaturen lebten. Ihre Haut war grünlich, teilweise rissig und schuppig und die Hände ähnelten eher Klauen. Beim Anblick der Gebisse dachte man unwillkürlich an Raubtiere und die langen, spitzen Ohren glichen denen einer Fledermaus. Das Auffälligste an ihnen stellten aber ihre riesigen Flügel, die an alte Zeichnungen von Drachen erinnerten, dar. Die Wesen sahen grausam und furchterregend aus, wobei *ihm* der stechende Blick ihrer rötlichen Augen am meisten ängstigte! Unten, am Fuße der Gebirgsketten, flossen Lavaströme, in denen er Leichenteile und auch vereinzelnd Knochen treiben sah. Und aus einer der unzähligen Höhlen, dort wo große Feuer loderten, ertönte, weit entfernt klingend, eine verzerrte Stimme, die seinen Namen rief! Irgendwie hatte diese für ihn einen vertrauten Klang! Sie hörte sich so an, als ob sie aus dem Munde eines Menschen kam, der entsetzliche Qualen erlitt und das ließ ihn fast noch mehr erschauern als der Anblick der Wesen.

Manchmal, in einer anderen Vision, sah er auch bunte, spiralförmige Farbtunnel, die zu Strudel wurden und ihn mitreißen wollten. Diese endete immer, ebenso wie die von den Kreaturen, damit, dass er völlig durchgeschwitzt und mit einem Hilfeschrei „auf den Lippen" die Augen aufriss. Wann, ja wann würde das verdammte Fieber endlich sinken? Würde er überhaupt noch einmal gesunden? Nach seiner Schätzung hatte er mindestens zehn Kilo abgenommen. Wahrscheinlich sogar noch mehr, was aber auch nicht allzu sehr verwunderte, denn er aß ja kaum noch etwas. Der Appetit war ihm völlig vergangen, gestern hatten sie ihn schon gefüttert. Und dann dieser Durst und sein ständig trockener Mund! Wie viel Mineralwasser er jeden Tag trank, konnte er nicht einschätzen, aber es mussten etliche Liter sein. Das meiste davon schwitzte er sowieso gleich wieder aus.

Er war froh, dass er wenigstens noch für einige Minuten bei klarem Verstand war, denn ansonsten bestanden seine Gedankengänge nur noch aus wirren, unzusammenhängenden

Satzteilen, Phrasen oder Segmenten aus, in seinem Gedächtnis abgespeicherten, Songs mit dröhnenden Bässen. Und wenn es ihm dann endlich gelang, sie aus seinem Geist zu verbannen, überkamen ihn Erinnerungen von längst verflossenen Liaisons und lösten bei ihm Weinkrämpfe aus.

Seine Hoffnung, die Krankheit zu überstehen, schwand bei ihm allmählich und innerlich bereitete er sich auf das Ende vor. Sein Ende! Wo er wohl hinkommen würde? Dort, wo die grausamen Kreaturen hausen? Oder an dem hellen Platz mit saftigen Wiesen, auf dem Kühe und Rehe grasen, die Bäume voller Früchte, Bäche und Seen so klar sind, dass man bis zum Grund hinuntersehen kann? Auch diesen Ort erblickte er letzte Nacht in einer Vision, nachdem er eingeschlafen war. Gerade als im Traum sein verstorbener Labradorrüde und sein hübscher schwarz-weißer Kater, den er vor drei Jahren leider hatte einschläfern lassen müssen, auf ihn zuliefen, erwachte er. Man gab ihm Medikamente, die Ärzte regten sich sehr auf und es gelang ihnen noch gerade eben, sein Leben zu retten. Ja, das musste man dem Krankenhauspersonal lassen, sie kämpften bedingungslos um sein Leben, gaben alles. Das Leben, dieses jämmerliche elende Dasein. Seit seine Krankheit sich verschlimmert hatte, stellte es für ihn nur noch eine Qual dar. Zu gerne wäre er an dem Platz geblieben, dort wo sein Hund und sein Kater lebten. Lebten? Das war vielleicht der verkehrte Ausdruck. Jedenfalls freuten sie sich sehr ihn zu sehen und im Fiebertraum flossen ihm Freudentränen aus seinen Augen. Wie gerne hätte er die beiden in seine Arme geschlossen, stattdessen musste er weiter in diesem sterilen weißen Raum auf dem Bett liegen bleiben. Er hoffte, dass es endlich vorbei sein würde. Keine

Träume mehr, einfach nur Ruhe, das war alles, was er sich so sehnlichst wünschte. Aber die verdammten Ärzte gaben einfach nicht auf. Er wusste natürlich, dass es ihre Pflicht war, ihn am Leben zu erhalten, aber warum erkannten sie nicht, dass sein Fall eine Ausnahme bildete? Sie mussten doch registrieren, dass sein Lebenswille von Tag zu Tag abnahm. Warum konnten sie ihn nicht einfach sterben lassen? Hätte man ihn zu Hause in seiner Wohnung gepflegt, dann wäre er jetzt bestimmt schon bei seinen Tieren und … **bei seiner Frau.**

Gabriela war schon seit einigen Jahren tot. Komisch, warum sah er sie nicht bei den Tieren? Müdigkeit überkam ihn und er schloss die Augen. Da waren sie wieder, seine beiden Freunde. Er lag jetzt lang ausgestreckt auf einer Wiese. Der Labradorrüde stand neben ihm und leckte ihm sein Gesicht ab, während er Kater Fred mit Streicheleinheiten zum Schnurren brachte. Hoch oben leuchtete die Sonne, ihre Strahlen erhellten die Grasfläche und alles, was sich auf ihr befand. Schon lange nicht mehr da gewesene Glücksgefühle überkamen ihn. Vielleicht konnte er ja doch hier bleiben! Aber wo steckte Gabriela? Er sah sich um, konnte sie aber nirgends entdecken. Da erblickten seine Augen in einiger Entfernung eine Frau, die sich langsam näherte. Von ihrer Statue her sah sie Gabriela sehr ähnlich, aber als sich der Abstand verringerte, erkannte er, dass es sich um ihre Mutter handelte, die vor etlichen Jahren an Herzversagen gestorben war. „Margarethe, schön dich wiederzusehen, aber wo ist deine Tochter?", fragte er sie. Das Gesicht seiner Schwiegermutter veränderte sich. Sie …, Sie befindet sich nicht hier, kam es stockend aus ihrem Mund. „Nicht hier? Aber wo kann sie denn sonst sein?"

Kurz, nachdem er ihr die Frage gestellt hatte, kannte er auch schon die Antwort. Denn plötzlich wurde ihm alles klar. Jetzt verstand er auch, was die Träume von den grausamen Bestien bedeuteten! „Aber warum ist sie ...?" „Mein Tod damals. Erinnerst du dich daran?" „Ja natürlich! Der Arzt stellte damals Herzversagen fest." „Das stimmte auch, aber das Herzversagen bekam ich, weil Gabriela in meinen Kaffee etwas ...!" Sie brach den Satz ab und weinte. Er nahm sie in seinen Arm und sagte leise, halb an sie, halb an sich selber gerichtet: „Ich hatte mich damals schon etwas gewundert, so ein plötzliches Herzversagen, quasi aus dem Nichts, erschien mir sehr ungewöhnlich. Jetzt verstehe ich auch jene Vision, die ich bekam, nachdem ich mir im Fieberwahn so sehr gewünscht hatte, bei ihr zu sein." Und als er seiner Schwiegermutter weinend und leicht schauernd davon erzählte, war es an ihr, **ihn** zu trösten.

Wüste, Pilze und der Tod

Leere, nichts als Leere! Die Wüste war in der Nacht wirklich nur eine stille, große schwarze Einöde! Man konnte kaum etwas anderes erkennen, als die Sterne am Himmel und den Mond, der ein Gesicht hatte, das sich laufend veränderte. Mal war es ein feistes Grinsen, dann eine hässliche Fratze, und jetzt sah es so aus wie die Visage von Miguel.

Allmählich glaubte er, dass die kleine, hübsche Mexikanerin doch Recht behielt. Sie hatte ihm davor abgeraten, sich alleine auf diesem Trip zu begeben. Erst recht, nachdem er ihr erzählt hatte, dass ihm Miguel und seine beiden Companeros „auf den Fersen" waren! Er glaubte allerdings **nicht**, dass sie ihn fanden, jedenfalls nicht so schnell. Aber im Grunde genommen war es ihm auch egal, denn weder Miguel noch dessen Freunde konnten ihm in puncto Schnelligkeit „das Wasser reichen". Und außerdem hatte er keine Lust sich jetzt mit diesem Mexikaner zu beschäftigen. Momentan war der Pilzrausch viel wichtiger für ihn. In der kleinen, dreckigen Grenzstadt hielt er es nicht mehr aus, als die Wirkung der Magic Mushrooms einsetzte. Er lief einfach Richtung Wüste, ohne sich darüber Gedanken zu machen, wie er wieder zurückfand. Als er startete, setzte gerade die Dämmerung ein. Jetzt war es mitten in der Nacht und die Wüste kalt und öde. Plötzlich verspürte er den Wunsch bei Conchita zu sein, denn ein Gefühl der Einsamkeit überwältigte ihn. Warum nur diese Engstirnigkeit? Sie wollte ihn auf dem Trip begleiten, hätte sogar selber welche von den Pilzen ge-

gessen, aber er wollte die Reise unbedingt alleine bestreiten und nun bereute er seinen Entschluss.

In einiger Entfernung erblickte er die Umrisse von drei oder vier Gestalten, die regungslos in der Wüste standen. Wer hielt sich denn bei Nacht in dieser kahlen Einöde auf? Hoffentlich nicht Miguel und seine Freunde. In dem jetzigen Zustand hätten sie leichtes Spiel mit ihm! Er beschloss es herauszufinden und ging auf die Gruppe zu, wobei ihm die Halluzinationen große Schwierigkeiten bereiteten. Der Untergrund wirkte visuell sehr wellig auf ihn und zeitweilig kam es ihm so vor, als wäre er in Treibsand geraten. Aber nach einiger Zeit registrierte sein Verstand, dass es sich dabei nur um, von den Magic Mushrooms hervorgerufenen, Trugbilder handelte.

Jetzt konnte er von den zuvor schemenhaften Gestalten schon etwas mehr erkennen. Durch den Mondschein, der sie erhellte, sah er, dass sie komplett in Grün gekleidet waren. Aber warum standen sie nur da und bewegten sich nicht? Ihre Arme hatten sie nach oben ausgestreckt, so als ob sie sich ergeben wollten. Sein Colt „saß" noch im Halfter, aber da er ein sehr misstrauischer und vorsichtiger Mensch war, legte sich seine Hand langsam auf den Knauf seiner Waffe und routinemäßig spannte er den Abzug. Aber würde sein durch den Pilzrausch gestörtes Sehvermögen ein Anvisieren und Zielen überhaupt zulassen? Es kamen ihm auch Zweifel auf, ob seine Schnelligkeit ausreiche. „Vielleicht war es doch ein Fehler gewesen, die Droge zu nehmen", dachte er in einem Anflug von Selbstkritik. Aber wer konnte auch schon ahnen, dass sich in der Wüste nachts Menschen herumtrieben?

„Erst einmal mit den Leuten zu reden, vielleicht sind es ja nur ganz harmlose Reisende", versuchte er sich innerlich zu beruhigen. „Hallo Amigos, so spät noch auf?" Keine Regung der drei Gestalten und auch keine Anstalten ihn zu begrüßen. Panik bemächtigte sich seines Verstandes! Irgendetwas schien hier nicht zu stimmen. „Seid ihr taub oder redet ihr nicht mit jedem? Ihr wisst wohl nicht, wer hier vor euch steht", brüllte er, zog seinen Colt raus und gab einen Schuss ab. „Daneben!", erklang plötzlich eine Stimme. „Natürlich, das war ja nur ein Warnschuss. Los, sagt mir wer ihr seid, sonst"...! Doch die Drei blieben weiterhin regungslos stehen! Er hatte sich jetzt den Ersten genähert und schlug ihn mit der Faust dorthin, wo er das Gesicht vermutete. Genau konnte er es nicht erkennen, denn der Rausch schien jetzt langsam seinen Höhepunkt zu erreichen und alles sah für ihn völlig verzerrt und verschwommen aus. „Aua, das tut weh!", jammerte der Misshandelte. „Mir auch", sagte er und sah auf seine blutende Hand, in der einige spitze dünne Teilchen steckten. Was zum Teufel war das?

Er schüttelte sich und versuchte etwas klarer zu werden. Da wurde ihm plötzlich bewusst, was in seiner Hand steckte. Jetzt begriff er auch, wer diese drei regungslosen Gestalten waren, und bekam einen heftigen Lachanfall!

„Ich finde das nicht so lustig, dein Schlag hat mir ganz schön wehgetan, außerdem habe ich dabei fünf Stacheln verloren", beklagte sich der Kaktus, wonach sich der Lachanfall noch verstärkte!

Sie waren abgekämpft, müde und kaputt. „Was meinst du Miguel, bekommen wir in diesem beschissenen Kaff ein Zimmer und vielleicht eine schöne Señorita?" „Daraus wird nichts, wir trinken hier nur ein oder zwei Tequilas und fragen nach, ob **er** hier war. Außerdem, so kaputt, wie ihr beiden ausseht, bringt ihr es eh nicht bei einer Frau." „Dafür langt es bei mir immer", erwiderte Pedro, ein kleiner, leicht übergewichtiger Mexikaner, dessen Gesicht oberhalb seines rechten Auges eine große Narbe zierte, grinsend und betrat den Saloon! „Was wollt ihr, wir sind dabei zu ...", wollte der fette schmierige Wirt die Drei zurechtweisen, brach aber klugerweise seinen Satz ab. „Tequila, Amigo und zwar schnell, denn wir sind sehr durstig". Eilig stellte der Wirt drei Gläser und eine Flasche des gewünschten Getränkes auf die Bar. Miguel schenkte wortlos ein. „Kommt ihr von weit her?" „Was geht dich das an, alter Mann?", knurrte der dritte Mexikaner. „Ganz ruhig Luiz!" Miguel machte mit der flachen Hand eine Bewegung, die seinen Companero deutete sich zu entspannen. „Mein Freund hier ist etwas hitzig, was auch daran liegt, dass wir jetzt fast zehn Stunden im Sattel waren." „Zehn Stunden, da habt ihr ja einen langen Ritt hinter euch", meinte der Wirt. „Wir suchen jemanden, er ist hier wahrscheinlich durchgekommen, an der Grenze haben wir seine Spur verloren. Es ist ein dreckiger Gringo mit schulterlangen blonden Haaren, hat ungefähr Luiz Größe und reitet einen Schimmel." „Ist heute am späten Nachmittag hier angekommen, sein Gaul steht im Stall, was wollt ihr denn von ihm?" „Du bist mir zu neugierig, und Neugierde ist eine schlechte Eigenschaft, kann manchmal tödlich sein! Sage uns Fettwanst, wo finden wir diese miese Filzlaus?" „Fragt Conchita, sie hat ihm einige von ihren Pilzen verkauft!"

„So, so: Conchita!" Pedro leckte sich über die Lippen und fragte: „Was verkauft die denn sonst noch?!" „Hör auf immer nur ans Ficken zu denken, das kannst du später immer noch tun! Zunächst müssen wir erfahren, wo Bill abgeblieben ist", knurrte Miguel. „Also Amigo, wo finden wir denn diese Conchita?", fragte er den Wirt! Der zeigte nach oben und sagte: „Drittes Zimmer links, aber ich glaube sie schläft schon!" „Aber doch nicht alleine? Das werden wir schnell ändern", lechzte Pedro. „Du wirst hier gar nichts unternehmen, außer mit Luiz auf mich warten, während ich mich mit der Senorita unterhalte!" „Okay, okay wir warten, aber wenn wir den verdammten Gringo erledigt haben, kommen wir hierher zurück!" „Ja, ja, das verspreche ich euch", sagte Miguel und stieg die Treppen hoch.

Conchita war gerade eingeschlafen, als sie von einem lauten Türklopfen geweckt wurde! „Wer ist dort?", rief sie verschlafen. „Mach auf, ich muss mit dir reden", sagte Miguel. „Aber doch nicht mitten in der Nacht, ich…!" Bevor sie den Satz beenden konnte, wurde die Tür durch einen kräftigen Tritt von Miguel schon geöffnet! „Waa…, Was soll das?", stammelte Conchita. „Keine Angst, wenn du mir meine Fragen beantwortest, passiert dir nichts", sagte Miguel und zog die Tür hinter sich zu. „Conchita setzte sich aufrecht hin, wobei sie mit der Bettdecke ihren nackten Körper verdeckte, und sah ihn fragend an". „Ich suche einen verfluchten Gringo, lange blonde Haare, ganz in Schwarz gekleidet! Du sollst ihm diese Pilze verkauft haben!" „Und wenn es so wäre, was willst du von ihm?" „Ihn umlegen und das werde ich auch mit dir tun, wenn mir deine Antworten nicht gefallen!" „Los sage mir: Wann war er bei dir und wo befindet er sich jetzt?" „Ich habe keine Ahnung, er hat die Stadt verlassen, antwortet sie in trotzigen Ton". „Miguel holte aus und verpasste ihr eine „klatschende" Ohrfeige!" „Das nächste Mal nehme ich die Faust und meine beiden Freunde, die unten auf mich warten, haben noch ganz andere Ideen, was man mit dir anstellen könnte. Es sei denn, du entschließt dich, zu reden!" „Er ist in die Wüste gelaufen!" „Erzähle mir keinen Mist, du Schl…"! Doch bevor Miguel erneut ausholen konnte, schrie Conchita: „Aber es ist wahr! Als die Wirkung der Pilze einsetzte, lief er einfach in die Wüste und ich weiß nicht, ob er schon wieder zurückgekommen ist!" Miguel blickte forschend in ihr Gesicht und sagte dann: „Wenn das nicht stimmen sollte, dann …!" Er ließ den Satz unbeendet und verließ das Zimmer.

Bill ging es sehr schlecht! Nachdem er sich von seinem Lachanfall erholt hatte, bekam er immer heftigere Halluzinationen. Er sah riesige Grizzlybären, die mit geifernden, weit aufgerissenen Mäulern auf ihn zuliefen. Sie wirkten so echt, dass er seine ganze Trommel leer schoss. Kurz danach „kam" eine große Büffelherde in irrem Galopp auf ihn zugerast. Doch diesmal registrierte sein Verstand nach heftigem Kopfschütteln, dass es sich nur um ein Trugbild handelte. Plötzlich hörte er ein klapperndes Geräusch, konnte damit aber nichts in Verbindung bringen. Verdammt, was war das? Es klang wie eine Art Rassel! So als ob …! Da bekam er für einen kurzen Augenblick wieder einen lichten Moment und leicht panisch drehte er sich um, denn jetzt wusste er wieder, was es mit dem Laut auf sich hatte. Doch gerade, als er die Klapperschlange anvisiert hatte und abdrückte, fiel ihm ein, dass er ja gar keine Kugel mehr in der Trommel hatte. Eilig lud er nach, denn das Reptil hatte seinen Kopf drohend aufgerichtet, und kurz bevor es zubeißen konnte, schoss er!

Als Miguel den anderen von dem Gespräch mit Conchita berichtete, löste dies einen kleinen Disput aus. Pedro war dafür im Stall auf den Gringo zu warten. Irgendwann wird er schon wieder zu seinem Gaul zurückkommen und wenn nicht, dann ist der Bastard in der Wüste verreckt, war seine Meinung. Luiz war der Ansicht, dass die ganze Story von vorn bis hinten erlogen war und man sich die kleine Mexikanerin noch einmal vornehmen sollte! „Das ist natürlich auch eine Möglichkeit", stimmte Pedro ihm zu und an Miguel gerichtet: „Sieht die Kleine denn gut aus?" Der ignorierte die Frage und sagte dann nach kurzem Nachdenken: „Wir machen es so: Luiz wartet im Stall, positioniert sich in der Nähe des Schimmels, während Pedro und ich uns in die Wüste begeben, sobald die Morgendämmerung einsetzt!" „Was soll das? Wir wissen doch gar nicht, in welche Richtung er gelaufen ist und ob wir seine Fährte finden." „Du irrst dich, Amigo! Wir finden bestimmt Spuren, denn es ist momentan ziemlich windstill!" „Aber Miguel, warum können wir hier nicht auf ihn warten, bis er zurückkommt, wenn er nicht sogar schon verreckt ist?" „Eben, das ist ja der Punkt. Ich will ihn selber töten, wenn er an der Wüstensonne verreckt, bereitet mir das keine Freude! Er soll durch meine

Kugeln sterben, das ist es, was ich meinem Vater am Grabe versprochen habe!"

Pedro verzog das Gesicht und machte nicht gerade einen zufriedenen Eindruck, während Luiz dem Vorschlag zustimmte. „Lass die beiden doch in die Wüste reiten, ich werde mir genüsslich eine Flasche Tequila reinziehen", dachte er! Der Zurückgebliebene sah seinen beiden Freunden nach, als sie im Morgengrauen in die Wüste ritten, ließ sich danach vom Wirt eine Flasche seines Lieblingsgetränks aushändigen und verzog sich in den Stall.

Dass er die Klapperschlange überhaupt getroffen hatte, konnte man als pures Glück bezeichnen, denn er sah die Konturen des Reptils nur sehr verschwommen. Seine ganze Umgebung wirkte visuell eh schon völlig wellig bis verzerrt und in diesem Zustand auf eine Schlange zu zielen, schießen und zu treffen, war schon ein Kunststück.

So langsam wünschte er sich, dass die Wirkung endlich abklingen würde. Das Zeitgefühl war ihm zwar völlig abhandengekommen, aber nach seiner Schätzung befand er sich bestimmt schon acht Stunden auf diesen Trip. Langsam schien es jetzt auch zu dämmern, was ihm sichtlich gefiel, denn dann würde die Temperatur auch endlich wieder ansteigen. Aber da gab es noch ein weiteres Problem, denn er hatte kein Wasser mehr und …! Was war das? Es hörte sich so an, als ob sich einige Reiter näherten. Schnell lud er seinen Colt. Hoffentlich war das nicht Miguel, denn dass Fortuna ihm noch mal zugeneigt sein würde, bezweifelte er! Da ertönte plötzlich noch ein anderes Geräusch: Ein lauter und ungewohnter Klang. Merkwürdig, dieser Lärm schien von oben zu kommen! Was konnte das nur sein? Da ihn das Geräusch ablenkte, hatte er nicht bemerkt, dass sich die beiden Reiter bis auf eine viertel Meile genähert hatten. Als er jetzt wieder hinsah, konnte er anhand der Sombreros erkennen, dass es sich um zwei Mexikaner handelte. Sie schienen ihn erblickt zu haben, denn der größere der beiden zeigte auf ihn, worauf der andere sein Gewehr aus dem Halfter zog und auf ihn anlegte. Oh, nein, das wird doch nicht Miguel sein, dachte Bill und eine Sekunde später schlug eine Gewehrkugel knapp neben ihm im Wüstensand ein. Der zweite Schuss traf ihn im rechten Oberschenkel und ließ ihn zu Boden gehen. Das ist das Ende, dachte er und blickte hoch in dem Himmel, wo sich das Geräusch verstärkt hatte. Was um alles in der Welt flog dort oben? So etwas hatte er in seinem ganzen Leben noch nicht zu Gesicht bekommen!

Ich habe ihn erwischt, Miguel! Im Oberschenkel, jetzt kann er uns nicht mehr entkommen, und du kannst ihn den Rest geben. Plötzlich bemerkte er, dass Miguel ihn gar nicht beachtete, sondern ganz gebannt nach oben starrte. Was zur Hölle ist das, Pedro? Jetzt blickte auch sein Kumpan in den Himmel. Das Geräusch hatte er bis eben gar nicht wahrgenommen, da er sich auf den Gringo konzentriert hatte. Ganz instinktiv hob Pedro das Gewehr und visierte dieses Etwas, welches von der Form Ähnlichkeit mit einem Teller hatte, an. Doch bevor er abdrücken konnte, kam aus dem riesigen fliegenden „Teller" ein leuchtender, feiner Strahl, der in seiner Stirn eindrang. Miguel sah den alten Weggefährten tot in den Wüstensand fallen, der Lichtschein des Tellers hatte ein schönes rundes Loch in dessen Stirn hinterlassen, das fast wie von einem Einschuss aussah. Er zog seinen Colt und wollte gerade auf das „Ding" anlegen, als aus diesem ein weiterer greller Strahl kam und Miguel das gleiche Schicksal wie Pedro erlitt.

Mit weit aufgerissenen Augen lag Bill im Wüstensand und erlebte staunend den Tod seiner beiden Feinde. Dann fühlte er, wie sein Körper sich nach oben begab. Es war irre, es schien so, als ob jede kleinste Zelle sich auflöste. Als dann wieder Konturen für ihn sichtbar wurden, befand er sich in einem Raum mit vielen merkwürdig leuchtenden Lichtern und zwei Gestalten, die merkwürdige Helme trugen, welche ihr Gesicht komplett verdeckten. Sie erinnerten ihn an die Zeichnungen des alten Indianers, den er auf seiner Reise im Süden kennengelernt hatte. Er hatte den Alten damals vor einem Mexikaner, der Miguels Vater gewesen war, gerettet. Der Halunke wollte den Indianer wegen seiner goldenen Miniaturstatuen umbringen. Der alte Mann hatte ihn viel von seinen Vorfahren; den Mayas, die eine hoch entwickelte Kultur besaßen, erzählt, und ihm alte Zeichnungen gezeigt. Dort waren Männer, oder sollte er sie lieber Wesen nennen, (der Alte sprach von Göttern, welche aus dem Himmel kamen) abgebildet, die fast genauso aussahen wie diese Beiden, und die Figur, welche ihm der Indianer damals geschenkt hatte.

Seine Retter sahen sich sein Bein an, schmierten eine Art Salbe auf die Verletzung und innerhalb kürzester Zeit hörte die Wunde auf zu bluten. Das Letzte an was er sich erinnerte, war eine Spritze, die sie ihm injizierten.

Als er wieder aufwachte, schien es schon Mitte des Tages zu sein und die Wüstensonne „brannte" heiß auf seinem Schädel. Er blickte sich um und konnte, schätzungsweise eine Meile entfernt, dieses kleine Drecksnest entdecken, dort wo er gestern Abend losgezogen war. Was für ein Trip, vor allem diese Halluzination mit dem komischen Ding am Himmel, dachte Bill. Oder war etwa doch alles real gewesen? Er blickte auf seinen Oberschenkel, sah ein kreisrundes Loch in seiner Hose, aber keine Wunde! Auch die Leichen von Miguel und seinem Kumpan konnte er nicht entdecken, es schienen also alles nur Halluzinationen gewesen zu sein.

Hoffentlich warteten die Mexikaner nicht in dem Ort auf ihn. Bill zog einige Patronen aus seinem Gurt und lud seinen Revolver nach. Danach begab er sich langsam auf dem Weg zurück in dieses Kaff. Sein Schimmel Whity vermisste ihn bestimmt schon, außerdem verspürte der Hengst mit Sicherheit Hunger und Durst. Er hatte ihn gestern zwar noch versorgt, aber das war vor mehr als 14 Stunden gewesen. Die Sonne brannte heiß und zeitweise kamen Schwindelgefühle auf. Er führte das auf die Magic Mushrooms zurück, es war gestern aber auch ein heftiger Rausch gewesen, vielleicht hatte Conchita ihm doch zu viel von den Pilzen gegeben. Egal, er würde sich schon wieder erholen, allerdings musste er höllisch aufpassen, dass er nicht auf Miguel traf. Sein Selbstvertrauen blieb zwar unverändert, aber in diesem Zustand mit seinen Kreislaufproblemen könnte das seinen Tod bedeuten. Na ja, Hauptsache der Rausch war abgeklungen und das Sehvermögen wieder einigermaßen normal. In der Ferne konnte er jetzt die Häuser der kleinen Stadt deutlich erkennen. Vielleicht noch eine halbe Stunde, dann Whity füttern, ein Frühstück und vielleicht die kleine Mexikanerin ...! Obwohl, eigentlich wünschte er sich nur Ruhe, denn seine Psyche schien durch den Trip doch etwas in Mitleidenschaft gezogen!

Conchita sah aus den Fenstern ihres Zimmers. Ob sie diesen Gringo erwischt hatten? Es wäre sehr schade um den gut aussehenden Mann! Sie musste an ihn denken und bekam leichte Gewissensbisse, dass sie ihn verraten hatte, aber die Angst vor dem Mexikaner war zu stark gewesen, außerdem, wer weiß, was dieser Miguel und seine Freunde sonst mit ihr gemacht hätten. Jetzt konnte sie, ungefähr eine halbe Meile entfernt, die Konturen eines Menschen erkennen. Ob es Bill war? Es bestand natürlich auch die Möglichkeit, dass es sich um Miguel oder seinem Kumpan handelte. Miguel, irgendetwas war ihr merkwürdig aufgefallen. Sie hatte die beiden Mexikaner heute Morgen weg reiten sehen und dabei kam ihr irgendetwas seltsam vor. Es hing mit dem zusammen, was Miguel ihr erzählt hatte. Natürlich, jetzt erinnerte sie sich wieder. Hatte er nicht von seinen **beiden** Freunden geredet? Es war aber nur einer mit ihm geritten! Das bedeutete, ja das ...!

Luiz war das Saufen zwar gewohnt, aber er hatte sich doch etwas zu viel Tequila gegönnt! Verschlafen rieb er sich die Augen und blickte sich um. Der Schimmel des Gringos befand sich immer noch im Stall, also war der entweder in der Wüste verreckt oder ...! Oder was? Er stand auf und überlegte, was ihm aufgrund seiner Kopfschmerzen schwerfiel. „Ob Miguel und Pedro den Bastard erwischt hatten? Aber warum waren sie dann noch nicht zurück? Vielleicht befinden sie sich ja im Saloon und feiern den Tod des Gringos", dachte er und beschloss dort mal nachsehen. Als Luiz aus dem Stall trat, bemerkte er eine Gestalt in der Wüste, die sich der Stadt näherte. „Verdammt, das ist der Gringo! Also hat er Miguel und Pedro erwischt, aber das sind seine letzten beiden Kugeln gewesen, die er in seinem jämmerlichen Leben abgefeuert hat", schwor sich Luiz. Er sah sich um und stieg dann mit seinem Gewehr auf das Dach eines Hauses, wo er sich hinter einer Brüstung positionierte.

Bill hatte Mühe sich aufrecht zu halten, da ihm sein Kreislauf doch arge Probleme bereitete. „Ich muss mich zusammenreißen, wenn sie erkennen, dass ich geschwächt bin, werden sie das gnadenlos ausnutzen", dachte er, und kurz bevor er die Stadt erreichte, machte er noch einmal halt, überprüfte seinen Colt und sah sich vorsichtig um. War dort oben nicht eine Bewegung gewesen? Für einen kurzen Moment meinte er auf einen der Dächer etwas aufblitzen gesehen zu haben. Oder handelte es sich um ein Trugbild? Waren die Pilze vielleicht immer noch nicht „abgebaut"?

Conchita hatte ihr Gewehr aus ihrem Schrank genommen und geladen. Aber auf wen sollte sie achten? Sie hatte nur diesen Miguel und seinen Kumpan gesehen, den dritten Mann nie zu Gesicht bekommen. Jetzt sah sie eine Gestalt, die einige Hundert Meter vor der Stadt stehen geblieben war. Das schien Bill zu sein! Aber wo war der Mexikaner? Da erklang plötzlich von einem der Dächer ein Geräusch.

Luiz leckte sich die Lippen, seine Hand zitterte leicht, was auf den gestrigen Tequilarausch zurückzuführen war. Endlich hatte er den Gringo im Visier. „Sag Adios, Bastard!", murmelte er und spannte den Lauf.

Bill hatte wieder diese Bewegung auf dem Dach wahrgenommen, konnte aber aufgrund der ihm blendenden Sonne nicht erkennen, wer oder was sich da oben befand. Plötzlich ertönten mehrere Gewehrschüsse und ein Mann flog vom Dach. Als Bill sich der Leiche näherte, erkannte er, dass es sich um Luiz handelte. Aber wer hatte ...?

Da sah er Conchita auf sich zukommen. Aus ihrem Gewehr kam noch Pulverrauch. Ihre wunderschönen dunkelbraunen Augen sahen ihn neugierig an. „Und Miguel und sein Kumpan? Hast du sie …?" „Das ist eine gute Frage, Baby. Lass uns das lieber in deinem Hotelzimmer besprechen", sagte er grinsend, und schlug mit der flachen Hand auf ihrem wohlgeformten Hintern.

Die beiden Pferde wieherten unruhig, was an ihrer ungewohnten Umgebung und den Besitzern lag. Weit, weit unter ihnen wehte ein heftiger Wind über den Wüstensand und die Körper der toten Mexikaner waren schon fast zugeweht. Aber nur fast, und so konnten doch noch einige Geier die Leichen entdecken und sich über ihr heutiges Fressen freuen!

Ein ungewöhnlicher nächtlicher Spaziergang

Beide wussten nicht, wie lange sie jetzt schon wanderten, denn das Zeitgefühl war ihnen abhandengekommen und eine Uhr besaßen sie nicht. Dieser Weg schien unendlich zu sein. Der Untergrund fühlte sich irgendwie unangenehm an, zuweilen spürten sie kleine Kieselsteine in ihren Schuhen, die drückten und das Gehen erschwerten.

Aber es war ihnen egal, sie mussten unbedingt das Ende des Weges erreichen, denn sie waren beide gespannt, wohin dieser führen würde. Der Vollmond hoch oben im dunklen, klaren Nachthimmel strahlte auf den Weg, er kam ihnen wie ein großes leuchtendes Gesicht vor.

An den Seiten des Weges war Wald, manchmal ertönten von dort unheimliche Geräusche. Wahrscheinlich irgendwelche Tiere, vielleicht Werwölfe oder ...! Nein, bloß nicht solche dunklen Gedanken, sonst könnten sie noch auf den Horror kommen und wer weiß was dann passieren würde. Merkwürdig erschien ihnen, dass der Weg wohl zum Teil auch aus Holzbrettern, zwischen denen sich kleine, fürchterliche Kieselsteine befanden, bestand. Begrenzt war er durch längliche Streifen, die sich an der Hand ganz kalt anfühlten und silbern glitzerten. Zuweilen hörten sie in der Ferne Autogeräusche, also musste eine Straße in der Nähe sein.

Vielleicht, aber auch nur vielleicht, hatte der Typ, der ihnen das Zeug besorgt hatte, doch recht. Er hatte sie ausdrücklich davor gewarnt, in ihren Zustand eine nächtliche Wanderung zu unternehmen. Aber ihnen war sein Gerede egal gewesen, sie hatten es drinnen nicht mehr ausgehalten, und da es eine laue, warme Sommernacht war, empfanden sie den Spaziergang im Wald als angenehm. Okay, man musste bei dem Ganzen natürlich bedenken, dass es sich bei gewissen Dingen welche sie, sei es akustisch, und vor allem visuell, wahrnahmen, nur um Halluzinationen handelte. Als er einen Baum als riesigen Troll mit geschätzten zwanzig Armen ansah, und nicht mehr weitergehen wollte, hatten sie eine Abmachung getroffen, die besagte, dass etwas, was nur einer von ihnen sah, eine Halluzination oder ein Trugbild ist.

Sie hatte ihm bewiesen, dass es sich um einen Baum handelte, indem sie auf den Ästen nach oben kletterte. Er war ihr nach einigem Zögern gefolgt und von der Baumkrone aus sahen sie über den Wald und, etwas weiter entfernt, die Lichter der nahe gelegenen Stadt. Es war ein toller Ausblick gewesen, vor allem die City mit ihren vielen glitzernden Lichtern, welche in „zig" Farben strahlten!

Irgendwann waren sie dann weiter gegangen und im Dunkeln auf diesen merkwürdigen Weg oder Pfad gekommen. Ungefähr zu diesem Zeitpunkt begann die Wirkung des Acids immer heftiger zu werden. In ihren Drogenwahn glaubten sie, dass dieser Pfad zu einem geheimen Ort oder einer geheimen Stadt führen würde, und erkannten nicht, um was es sich wirklich handelte.

In der Nähe, es konnte nicht allzu weit entfernt sein, vernahmen sie jetzt einen vertrauten Klang, rhythmisch, sich mehrmals wiederholend. Beide dachten angestrengt darüber nach, wo sie diesen schon gehört haben könnten, denn irgendwie, trotz des LSD in ihren Körpern war irgendwo in ihren Gehirnen mit diesem Klang ein Bild verbunden, welches aber momentan nicht abrufbar war. Sie blieben auf den Weg stehen und diskutierten darüber. Die Frau war der Meinung, dass sie den Ton irgendwie als Warnsignal in Erinnerung hätte, aber wegen der Droge hatte sie keinen Zugriff mehr auf ihren „Gedächtnisspeicher". Ein Warnsignal? Vor wem oder was warnt es denn? Während die beiden überlegten, verstummte es plötzlich und kurz danach hörten sie ein anderes Geräusch, irgendetwas schien sich zu nähern, der Weg, oder genauer gesagt die Abgrenzungen des Weges, diese langen kalten Streifen, die endlos erschienen, vibrierten unter ihren Füßen und eine beklemmende Angst beschlich die beiden. Etwas näherte sich nun mit großer Geschwindigkeit, sie konnten es jetzt schon in der Ferne sehen, es sah aus wie ein langes, schlangen- oder wurmartiges Monster mit etlichen Augen, deren Aufleuchten in der dunklen Nacht einen abgefahrenen Eindruck auf sie machte. Fasziniert blieben sie mitten auf dem Weg stehen und starrten das Ungetüm an, welches sich in rasender Geschwindigkeit näherte.

Er hatte aus dem Augenwinkel ein Aufleuchten hinter ihnen gesehen, gleichzeitig ein Geräusch, irgendjemand oder irgendetwas näherte sich ihnen auch von hinten!

Plötzlich ertönte eine laute Stimme! Sie rief: „Runter da, checkt ihr denn überhaupt nichts mehr?!" Kurz danach wurden sie von einigen Händen von ihrem schönen Weg heruntergerissen und landeten in einer Böschung. Oben auf den Weg raste das Ungetüm in irrsinniger Geschwindigkeit davon. Schade, dachten sie, da hätte man vielleicht auf den Rücken dieses Monstrums springen können!

Dann spürten die beiden, wie ihnen jemand ein Stück Zucker (dieser Geschmack war zu vertraut, den konnten sie trotz des LSD erkennen) in den Mund steckte und sie durchgeschüttelt wurden. „Was ist los mit euch? Ihr merkt überhaupt nichts mehr, was?" „Das Monster mit den Hundert Augen", stammelte er!

„**M**onster? Das war ein Intercityzug, du Idiot, ich hatte mir schon fast gedacht, dass diese Trips zu heftig für euch sind, zumal ihr auch gleich jeder drei Stück gefressen habt! Zum Glück haben wir euch noch rechtzeitig gefunden, sonst würdet ihr jetzt zermatscht auf den Bahnschienen liegen!" „Ja, er ist unser Schutzengel, sagte sie mit entrücktem Blick, siehst du denn seine Flügel nicht?"

„**L**ass uns die beiden bloß zu mir fahren, das wird noch ganz schön dauern, bis die wieder halbwegs klar sind", sagte er zu seinem Kumpel, der ihn bei der Rettung geholfen hatte und gemeinsam brachten sie die beiden zum Auto, das er in der Nähe geparkt hatte. Dann fuhr er mit ihnen zurück zur Stadt mit den vielen glitzernden Lichtern, hoffend, dass die beiden von dem Trip bald wieder runterkommen würden!

Der Stein

Warum nur war er nicht schon viel früher auf die Idee gekommen zu wandern? Die Natur tat ihm gut und lenkte von den alltäglichen Problemen ab. Dreizehn Jahre Arbeitslosigkeit waren nicht spurlos an ihm vorbeigegangen, aber noch tiefere Wunden hatte die jahrelange Einsamkeit in seine Seele gerissen.

Wenn er aber um den See wanderte, verflogen die trüben Gedankengänge und wurden von anderen Gefühlen wie Sorglosigkeit und Träumereien verdrängt. Es gab hier einige schöne Sitzplätze, wo man einen wunderbaren Ausblick hatte. Einer davon war diese kleine, idyllische Bucht, in deren Nähe eine große, laut Tafel der Stadt, 250 Jahre alte Buche stand. Hier saß er gerne und blickte träumend auf das glitzernde Wasser.

Jetzt, mitten in der Woche, kamen hier kaum Menschen vorbei und so konnte der einsame Wanderer seinen Gedanken fristen. „Wie schön kann doch die Natur sein", dachte er! Diese Pflanzen und Tiere, die hier leben, wissen überhaupt nichts von den menschlichen Problemen. Alleine die imposante Rotbuche war ein beeindruckender Anblick! Da, täuschte er sich, oder sah eine Stelle der Baumrinde wie ein grinsendes Gesicht aus? Nein, das konnte nicht sein, er nahm doch schon jahrelang keine Drogen mehr. Wahrscheinlich war es nur eine Einbildung von ihm gewesen, obwohl ...!

Plötzlich ließ ihn ein Geräusch von der nahen Kuhkoppel aufschrecken. Irgendein Tier musste sich dort aufhalten. Vorsichtig, ganz vorsichtig betrat er die Grasfläche und konnte gerade noch sehen, wie ein Reh das Weite suchte. Wehmut und Melancholie ergriffen von ihm Besitz. „Das ist Leben und nicht unserer jämmerliches, erbärmliches Dasein mit den ganzen künstlichen Zwängen", sagte er sich.

Da einige dunkle Wolken am Horizont aufzogen, und ihm allmählich kühl wurde, beschloss er zurückzugehen, als sein Blick auf etwas rot Leuchtendes fiel. Was konnte das nur sein? Ein Tier sicherlich nicht, denn das wäre bestimmt fortgelaufen! Er ging zu der Stelle und stellte fest, dass dort eine Art Stein lag. Aber was für ein ungewöhnliches Exemplar! So einen hatte er noch nie gesehen. Der Stein hatte etwa einen Durchmesser von fünfzehn Zentimetern, von der Form erinnerte er an ein Herz. Die Oberfläche war ganz glatt, fast wie ein geschliffener Diamant, und hell leuchtend in verschiedenen rot und Brauntönen, ständig sein Aussehen verändernd.

„Unglaublich, so etwas Schönes habe ich schon lange nicht mehr gesehen", dachte er und einige kleine Tränen flossen aus seinen Augen! „Ach, könnte ich doch auch ein Teil dieser wundervollen Natur sein", wünschte er sich. Da pulsierte der Stein plötzlich und eine unbekannte Energieform ging von ihm aus. Als diese in seinen Körper eindrang, ergriff ein neues, unbekanntes Gefühl von ihm Besitz. Es war stärker als alles andere, was er in seinem Leben bisher gespürt hatte! Sein ganzer Körper löste sich plötzlich in einzelne Zellen auf, ähnlich wie Moleküle oder Atome bei einer Kernspaltung. Diese schwebten fort und der komplette Leib zerfloss. Aber es störte ihn überhaupt nicht, im Gegenteil: Er empfand Glück, nein etwas viel Intensiveres als das, eine Fusion von Leben und Tod. Er spürte wie er mit den Bäumen, Blumen, Gräsern und Tieren eins wurde und nach kurzer Zeit war sein Körper und damit auch seine alte Existenz völlig verschwunden.

„**Wie** schön doch dieser See ist", sagte Martina zu ihrem Mann. Der hörte aber gar nicht zu, sondern blickte zu den beiden Zwillingsschwestern, die sich mal wieder stritten. „Ich habe ihn zuerst gesehen", schrie Marita, die etwas größere der beiden. „Na und, aber ich habe ihn aufgehoben, warst eben nicht schnell genug", gab Manuela zurück. „Seid ihr schon wieder am Zanken? Ich habe euch schon mehr als einmal gesagt, dass mir diese ewige Streiterei auf den Geist geht." „Aber es ist mein Stein, ich"...

„**Was** für ein Stein? Ihr wisst genau, dass ihr hier nichts aufsammeln sollt," sagte er und nahm seiner Tochter das Streitobjekt aus der Hand. „Das ist gemein, ich will ihn wiederhaben", schrie Manuela! "Eure Mutter und ich haben wirklich genug von eurem Rumgezicke! Der Stein ist zwar wunderschön, aber man kann ihn nicht teilen und deswegen bekommt ihn keiner von euch", sagte er, holte aus und warf den Stein in den See, wo er versank und das Wasser sich an dieser Stelle rötlich verfärbte.

Die kluge Tochter

„Da waren schon wieder diese Geräusche letzte Nacht. In letzter Zeit nehmen sie an Lautstärke zu. Was macht der Alte nebenan bloß?", fragte Kathrin. „Vielleicht ist das sein Kater, der nachts durch die Wohnung läuft", meinte ihr Mann. „Ich weiß nicht, hört sich so an, als ob ... " „Also ich glaube ja, dass die Geräusche von ...", wollte Anna, die kleine siebenjährige Tochter einwerfen. „Halt den Mund, man unterbricht die Gespräche von Erwachsenen nicht", sagte ihr Vater. „Was wolltest du sagen, Schatz?" „Ja, äh ..., ich glaube, dass die Geräusche von mehreren kommen. Ich befürchte der Alte hat sich junge Katzen gekauft, denn sein Kater war ja schon ziemlich betagt". „Stimmt, jetzt fällt es mir ein, Meiers haben mir erzählt, dass er seinen Kater hat einschläfern lassen". „Siehst du, da hat er sich bestimmt neue Katzen geholt, und wir sollen jetzt den Lärm ertragen, aber das lasse ich mir nicht gefallen!" „Genau!", sagte ihr Mann und haute mit der Faust auf den Tisch. „Also ich glaube ja, das ...", versuchte Anna noch einmal zu Wort zu kommen, wurde aber von ihrem Vater scharf zurechtgewiesen. „Ich sage es dir jetzt zum letzten Mal, wenn du uns noch einmal unterbrichst oder unaufgefordert dazwischen redest, dann gibt es Taschengeldkürzung!", schrie ihr Vater.

Am Nachmittag, als sie mit Anna beim Einkaufen war, traf Kathrin Frau Meier und sie unterhielten sich über den alten Mann. Die Familie Meier wohnte über den Alten und auch Frau Meier hatte die Geräusche gehört. „Ich weiß nicht, wenn ich mich recht entsinne waren die nicht auch schon vor dem Tod seines Katers ...?", wollte sie gerade fragen, als sie von Anna unterbrochen wurde. „Frau Meier, ich glaube ja, dass ..." Patsch, hatte sie eine Ohrfeige von ihrer Mutter bekommen, die sie wütend anschrie: „Dein Vater hat dir heute schon zweimal gesagt, dass man Erwachsene nicht unterbricht." Anna begann zu heulen, worauf die beiden Frauen das Gespräch abbrachen!

Abends stellten sie den Alten zur Rede und forderten ihn auf nachts leiser zu sein. „Aber ich bin es nicht! Glauben sie mir, die Geräusche kommen nicht von mir! Ich konnte letzte Nacht selber nicht schlafen. Das Ganze begann, als mein Kater krank wurde, und danach nahmen die Geräusche an Lautstärke immer mehr zu. Ich glaube, ich werde heute zwei Schlaftabletten nehmen, damit ich mal wieder eine Nacht durchschlafen kann", sagte der Alte. Anna sah den alten Mann ins Gesicht und wollte erst etwas sagen, erinnerte sich aber an die harschen Zurechtweisungen ihrer Eltern, insbesondere an die Ohrfeige ihrer Mutter und biss sich stattdessen auf die Lippen.

„**W**as glaubst du, sagt der Opa die Wahrheit oder will er uns verarschen?", fragte Kathrin ihren Mann. „Ich weiß nicht, schwer zu sagen, ich persönlich bin eigentlich felsenfest davon überzeugt, dass die Geräusche von ihm kamen, aber warten wir mal ab!"

Sie hatten beide gerade mal drei Stunden geschlafen, da ging es wieder los, diesmal war die Geräuschkulisse noch lauter als am Vortag. Manchmal hörte es sich an wie tippelnde

Schritte, dann erklangen merkwürdige Fieptöne und schließlich erschraken sie, weil wohl etwas vom Tisch flog und mit lautem Knall zerbrach. „Das muss eine Vase oder so etwas gewesen sein", sagte er. „Also mir reicht es jetzt, ich gehe klingeln". Anna kam auch aus ihrem Zimmer. „Du Papa, ich glaube ja ...!" „Ruhe, nicht jetzt!", schrie ihr Vater, zog sich an und ging ins Treppenhaus, wo auch schon das Ehepaar Meier stand. „Wir klingeln hier schon fünf Minuten, er öffnet einfach nicht, ob da etwas passiert ist?", fragte Herr Meier. Nach einigen weiteren erfolglosen Versuchen riefen sie die Polizei.

Diese brachen, nachdem sie überall draußen an den Fenstern geklopft hatten, schließlich die Tür auf. Als sie die Tür zum Schlafzimmer aufrissen, schrien die Beamten vor Entsetzen, denn so etwas hatten sie in ihrer ganzen Dienstzeit noch nicht gesehen. Von dem alten Mann waren fast nur noch die Knochen über. Im Zimmer hielten sich mindestens einhundert Ratten auf, eine besonders Fette saß auf den Bauch des Mannes und schmatzte, an ihrem Kinn hing noch ein Rest des Pyjamas. Eine andere, etwas kleinere biss das rechte Auge des alten heraus, das linke war schon nicht mehr vorhanden. Die Beamten waren so geschockt, dass sie gar nicht bemerkten, wie sich die kleine Anna in die Wohnung schlich. „**I**ch hatte ja gleich vermutet, dass die Geräusche von Ratten kamen", sagte sie, triumphierend nickend, mit einem zufriedenen Gesichtsausdruck!!

Der Tunnel

Ein Blick auf seine Armbanduhr und er fragte sich, wo sie blieb. Monika müsste eigentlich schon längst hier sein. Langsam kamen Selbstvorwürfe in ihm auf, weil er sie nicht abgeholt hatte, denn erst vor Kurzem verschwand eine Frau in dieser Gegend spurlos, die Suchaktion lief noch. Mehr als fünfzehn Minuten benötigte sie von ihrer Wohnung eigentlich nicht, warum war sie also noch nicht bei ihm? Besorgt wählte er Monikas Handynummer, aber es kam nicht einmal eine Verbindung zustande. Das war allerdings schon mehr als merkwürdig, denn das Handy führte sie immer mit sich. Auch ein Anruf ihrer Festnetznummer brachte keinen Erfolg, aber hier ertönte wenigstens das Freizeichen. Unschlüssig darüber, was er unternehmen sollte, ging er in seinem Zimmer auf und ab. Noch etwas abwarten, ihr entgegen gehen oder gleich die Polizei verständigen? Diese drei Gedanken schwirrten in seinem Kopf herum. Seine Wahl fiel auf die zweite Möglichkeit. Eilig zog er sich Jacke und Schuhe an und startete im Laufschritt, da ihm mittlerweile ein ungutes Gefühl beschlich. Beim Gehen überlegte er, ob es auf dem Weg einen Supermarkt, eine Gaststätte oder irgendeine Lokalität gab, in der sie vielleicht noch etwas einkaufte. Wenn sie zum Beispiel ihre Zigaretten vergessen hätte und ...! „Alles Unsinn", sagte er sich, selbst dann müsste Monika schon angekommen sein. Er bog um die Ecke und stand vor dem Tunnel, der unter den Bahnschienen durchführte. Vielleicht hatte sie ja einen anderen Weg genommen, denn sowohl der Tunnel als auch die Felder und das nahe

Waldstück wirkten im Dunkeln selbst auf ihn unheimlich. Aber nein, jede andere Route wäre wesentlich länger und so wie er Monika kannte, würde sie niemals einen Umweg gehen. Sie gehörte zu der Kategorie Mensch, der immer die gerade, kürzeste Strecke wählte. Also ging er auch durch den Tunnel, der in dieser trüben nebligen Nacht irgendwie bedrohlich wirkte. In seinem Kopf war ein Gedankenspiel, das sich mit möglichen Maßnahmen beschäftigte, falls er Monika nicht fand. Als er seine Überlegungen abgeschlossen hatte, sah er sich verwundert um. Eigentlich müsste er schon lange das Ende des Tunnels erreicht haben. Doch obwohl nun schon fast fünf Minuten seit seinem Eintritt vergangen waren, verringerte sich die Entfernung zum Ausgang nicht!

Er konnte einen Laternenmast, der den knapp 50 Meter entfernten Feldweg erleuchtete, durch den Tunnelausgang erkennen und fing jetzt an darauf zuzulaufen, ohne dass sich der Abstand verringerte. Panik ergriff von ihm Besitz. Sein Herz raste! Das konnte doch nicht wahr sein! Es schien ihm, als ob er sich in einem Albtraum befand. Da erklang auf einmal die Stimme einer Frau: „Lothar! Lothar!" Aber woher kam sie? Es gab doch hier nichts, nur die Wände des Tunnels und über ihn die Bahnschienen. „Monika!", schrie er. „Monika, wo bist du?" „Hier, direkt neben dir!", antwortete sie. Er blickte nach rechts und sah **in** die Wand, welche irgendwie wellig, verschwommen und durchlässig aussah. Hinter der Tunnelmauer konnte er schemenhaft die Kontur einer Frau erkennen. Das schien Monika zu sein! Aber sie *war* nicht alleine! Da befand sich noch irgendwer oder irgendetwas, unmittelbar hinter ihr. Als er näher herantrat, wurde er gepackt und in die Tunnelwand hineingezogen!

„Das kommt mir alles irreal vor", sagte Inspektor Schmidt einige Tage später zu seinem Kollegen. „Innerhalb einer Woche sind sechzehn Menschen verschwunden. Sechzehn Menschen und keinerlei Hinweise. Wo können die nur abgeblieben sein? Das Merkwürdige an der ganzen Sache ist, dass wir weder irgendwelche Spuren wie Kleidungsstücke oder andere persönliche Gegenstände gefunden haben. Auch Bekenneranrufe oder Schreiben sind nicht bei uns eingegangen." „Ja, seltsam, wäre hier ein Serienmörder am Werk, so würde er doch mit uns kommunizieren, um mit seinen Taten zu prahlen oder irgendwelche Spielchen mit uns treiben! Außerdem sind die verschwundenen Menschen zu unterschiedlich, es gibt keinen Zusammenhang, kein Muster! Und Erpressung kann es auch nicht sein, dann hätten wir auch schon etwas gehört", sagte sein Kollege. „Die Möglichkeit einer Erpressung schloss ich gleich aus, denn die Vermissten sind alle nicht besonders vermögende Menschen. Nein, ich habe keine Ahnung, was dahinter steckt", meinte Schmidt. „Gab es zwischen diesen Menschen denn irgend eine kleine Gemeinsamkeit und sei es nur dieselbe Lieblingskneipe?", fragte sein Kollege Hofmann. „Nichts, überhaupt nichts, nur dass sie alle irgendwo in diesem Naturschutzgebiet bei den Auen verschwunden sein müssen. Die Felder und der Wald sind halbe Wildnis, da können wir lange suchen!" „Haben unsere Kollegen das Gebiet denn nicht gründlich durchkämmt?", fragte Hofmann. „Ja, das schon, aber es gibt vereinzelte Teile, welche durch die starken Regenfälle und den letzten Stürmen unzulänglich sind, dort konnten sie noch nicht suchen!" „Mein Gefühl sagt mir, dass dieses Naturschutzgebiet nicht der Ort ist, wo wir die Personen finden." „Personen? Wohl eher Leichen! Und wo sollten sie denn, deiner Meinung oder deinem Gefühl nach, sonst sein?" „Ich weiß es nicht, aber ich habe irgendwie den Eindruck, dass wir uns bei der Suche zu sehr auf ein Gebiet festlegen. Außerdem plagen mich schon nächtelang Albträume!" „Ach, du und deine Albträume, vergiss sie und konzentriere dich lieber auf die Arbeit!"

Gerade als Hofmann etwas erwidern wollte, klingelte das Telefon. „Inspektor Schmidt, was gibt es denn?" „Hier unten ist eine alte Frau, die dringend den für die verschwundenen Menschen zuständigen ermittelnden Beamten sprechen möchte." „Eine alte Frau?" „Ja, mindestens 80, scheint aber geistig noch ganz fit zu sein". „Hm, sage ihr, das ich ..." „Ja?" „Ach egal, schicke sie zu mir hoch, oder nein jemand soll sie begleiten, sonst verirrt sie sich noch." „Okay wird erledigt!" „Wer kommt da jetzt zu uns?", wollte Hofmann wissen. „Irgendeine alte Frau will mit mir über die verschwundenen Menschen reden." „Ist unser Kollege denn der Ansicht, dass sie uns etwas Nützliches mitteilen kann?" „Keine Ahnung, aber ich bin in unserer jetzigen Lage bereit mit allen zu sprechen."

Kurze Zeit später klopfte es an der Tür und einer der Beamten, welche unten im Empfang arbeiteten, führte eine alte Frau in das Zimmer. Ihr sonnengebräuntes Gesicht durchzogen unzählige Falten, die langen grauen Haare hatte sie hinten zu einem Pferdeschwanz zusammengebunden. Inspektor Schmidt blickte neugierig in zwei schöne grüne Augen, die noch immer voller Lebensenergie strahlten. „Sie wollten mich sprechen?", fragte er. „He, sie sind doch die Frau, welche am Rande des Naturschutzgebietes wohnt, ihr Name ist mir entfallen", fiel ihm Hofmann ins Wort. „Sophie Strawitzki", antwortete sie. „Setzten sie sich doch, Frau Strawitzki", sagte Schmidt. Die alte Frau nahm auf einen Stuhl Platz, sah Schmidt ins Gesicht und sagte dann in flehenden, fast beschwörenden Ton zu ihm: „Sie müssen **ihn** stoppen! Er darf auf keinen Fall zurückkommen, wir müssen unbedingt verhindern, dass er sein Vorhaben verwirklicht und die Pforte öffnet! Sagen sie mir, wie viele hat er schon ...?" „Was ist mit ihnen los? Wovon reden sie?" Schmidt starrte die Alte entgeistert an. Sie machte auf ihm den Eindruck, einer Nervenheilanstalt entflohen zu sein. „Er ist es, glauben sie mir! Sie müssen ihn stoppen. Er benötigt 66 Seelen für seine Rückkehr!" „Ja, ja", sagte Schmidt, nahm die Alte am Arm und gab Hofmann ein Zeichen, dass er die Kollegen im Empfangsbüro anrufen sollte. „Sie können alles gleich mit meinem Kollegen besprechen, der den Fall jetzt neuerdings bearbeitet", sagte er, beförderte die alte Frau unter sanftem Druck aus dem Zimmer und schloss die Tür. „Er darf nicht zurückkommen, wenn er das Tor öffnet ...!", schrie sie. Schmidt schlug die Tür zu und wischte sich den Schweiß von der Stirn. „Eindeutig (er vollführte mit seiner rechten Hand die Scheibenwischerbewegung) oder was meinst du?" Hofmann sah ihn einige Sekunden mit nachdenklichem Gesicht an und antwortete dann: „Ich weiß nicht, ob es so schlau von dir war, die Alte gleich rausgeschmissen, ohne sie anzuhören!" „Na, hör mal, die ist doch eindeutig verwirrt, das Gerede von ihr ergab doch überhaupt keinen Sinn", sagte Schmidt und starrte seinen Kollegen verwundert an. „Vielleicht hätte es ja einen Sinn ergeben, aber du ließest sie ja nicht ausreden ", warf ihn Hofmann vor. "Nein, allerdings nicht und das war auch gut so! Wenn ich mich mit jedem oder jeder Irren abgebe, dann müsste ich nach kürzester Zeit auch in psychiatrischer Behandlung. Warum sage ich eigentlich auch? Diese Alte *ist* es bestimmt nicht, denn sonst wäre sie in einer Anstalt untergebracht! "

„Ich bin mir bei dieser Frau nicht so sicher, meine Großeltern erzählten mir so einiges über sie, und nach deren Ansicht ist das zwar eine etwas merkwürdige, aber keinesfalls dumme Frau. Sie kennt sich zum Beispiel sehr gut mit Naturheilkräutern aus, kann dir genau sagen, welche Pflanzen bei gewissen Beschwerden oder Krankheiten helfen und macht Besprechungen bei Menschen, die unter einer Gürtelrose leiden", sagte Hofmann. „Willst du mir jetzt erzählen, dass sie so eine Art Kräuterhexe ist?", fragte Schmidt leicht amüsiert. „Du machst dich lustig darüber, aber viele der sogenannten Hexen, die sie im Mittelalter verbrannten, waren letztendlich nur Frauen, die Wissen über die heilenden Kräfte von Pflanzen besaßen." „Und von Drogen, soweit ich mich erinnere, gab es doch diese Hexensalben, die aus Stechapfel, Tollkirsche und anderen leckeren Früchten hergestellt wurden. Von dem Zeug soll man ordentlich „weggeflogen" sein." „Ah, ich sehe, so ganz ungebildet, wie ich dachte, bist du ja doch nicht", neckte Hofmann seinen Kollegen.

„Lass uns die Alte vergessen und stattdessen überlegen wie wir weiterkommen. Das Gebiet ist zwar recht groß, aber eigentlich nicht so groß, sodass wir schon zu mindestens auf

Spuren oder Hinweise gestoßen sein müssten." „Vielleicht verschleppte man die Menschen mit einem Auto und die Leichen befinden sich an einem ganz anderen Ort", warf Hofmann ein. „Gute Idee, ich dachte auch schon daran und stellte Nachforschungen in dieser Richtung an, aber dann müssten die Vermissten schon vor dem Naturschutzgebiet entführt worden sein, und bei mindestens fünf Personen steht fest, dass sie den Weg durch das Naturschutzgebiet nahmen. Ein ganz besonders seltsamer Fall ist der von einer Frau und ihrem Freund, die beide am selben Abend verschwanden." „Ach ja, ich erinnere mich, das war vor einer Woche, die Frau wollte ihren Freund besuchen und verschwand spurlos, ihr Freund merkwürdigerweise aber auch."

„Ja, ein Nachbar sah ihn noch, in Richtung Naturschutzgebiet gehen." „Und was schließt du daraus?", wollte Hofmann wissen. „Ich vermute, dass er ihr entgegengehen wollte und dann hat er irgendetwas gesehen, das für jemanden nicht angenehm war." „Was genau meinst du?" „Ich denke, er hat gesehen, wie man seine Freundin entführen wollte oder wie man seine Freundin ermordete oder er fand ihre Leiche." „Oder, oder, oder", unterbrach Hofmann seinen Kollegen. „Man sah, wie dieser Rainer Schultz in Richtung Naturschutzgebiet ging, aber ob er da ankam, kann niemand sagen. Seine Freundin wurde von einer Frau gesehen, wie sie den Weg des Naturschutzgebietes betrat, aber danach verliert sich die Spur, sie könnte also auch das Naturschutzgebiet durchschritten haben." „Was willst du damit sagen?", fragte Hofmann, der auf einmal sehr gespannt zuhörte. „Am Ende des Weges ist ein Tunnel, über diesen führt eine Bahnlinie, hinter dem Tunnel ist eine Straße mit alten Fabrikgebäuden, theoretisch könnte sie auch dort …" „Stimmt!", rief Hofmann. „Wir beschäftigten uns viel zu sehr mit dem Naturschutzgebiet!" „Aber noch mal zurück zur alten Frau, sie wohnt am Rande des Gebietes, wir sollten meiner Meinung nach noch einmal mit ihr reden, wenn man jetzt mal ihr Gerede von vorhin weglässt, so könnte sie doch irgendetwas gehört oder gesehen haben." „Hm, willst du das übernehmen? Du kennst sie ja zu mindestens flüchtig." „Ja! Ich besuche sie morgen Vormittag und komme dann etwas später ins Büro, wenn das für dich ok ist." Schmidt nickte und danach besahen sie sich die Fälle der anderen Vermissten.

17 Seelen besaß er jetzt schon und er spürte wie seine Kraft, seine Energie zunahm. Mit jeder wurde er mächtiger und auch wieder etwas menschlicher, zumindest vom Aussehen. Sein Schädel glich zwar immer noch einem Totenkopf, aber immerhin bildete sich schon etwas Haut um die Augen. Es lag noch ein langer Weg vor ihm. 49 Seelen! Erst dann wäre er aus seinem Gefängnis befreit! Leider durchschritten nur sehr wenige Menschen den Tunnel. Der hatte bei den Anwohnern keinen guten Ruf, seit vor etlichen Jahren hier einige Frauen von einem Serientäter ermordet wurden. Zwar gelang es der Polizei damals den Täter zu fassen, aber seitdem wurde der Tunnel von vielen gemieden. Deswegen war er auf den Vorschlag der Frau eingegangen, sie zu verschonen. Mit ihrer Hilfe würde er die fehlenden Seelen bekommen, welche er benötigte. Dann konnte er die Pforte öffnen und sein Meister endlich diese Welt betreten! Die Frau hatte ihm erklärt, dass ihr Verschwinden eine riesige Suchauktion zur Folge haben würde und die Menschen, welche sich daran beteiligten, wollte sie in den Tunnel locken. Er war sehr gespannt, ob ihr Plan funktionieren würde!

Hofmann besah sich den Garten, der nicht gerade gepflegt aussah. Überall wuchsen Wildkräuter auf den Beeten und die Gräser des Rasens erreichten fast Kniehöhe! Da es gestern geregnet hatte, war seine Hose feucht, als er die Haustür erreichte. Die alte Frau öffnete ihm, noch bevor er klingeln konnte. „Ich ahnte, dass sie mich besuchen", sagte Frau Strawitzki! „Haben sie vielleicht ein Handtuch für mich?", fragte er. Wortlos reichte sie ihm ein altes buntes Stofftuch, das auch schon seine besten Tage hinter sich hatte. Hofmann trocknete sich notdürftig ab und sah sich um. Die Wohnungseinrichtung erschien einzigartig und faszinierte ihn. Unzählige, antike Gegenstände befanden sich im Wohnzimmer. Seine Augen erblickten große verzierte Holzkreuze, bunte, psychedelisch aussehende Gemälde, und merkwürdige fremdartige Skulpturen. „Gefällt ihnen mein Hausrat?", fragte die Alte. „Ja, ich muss zugeben, dass ich so etwas noch nie gesehen habe, und ich war im Laufe meines Lebens schon in unzähligen Wohnungen! Aber lassen sie uns über die Verschwundenen reden. Mein Kollege hält sie übrigens für eine alte, verschrobene..." „Hexe?" fragte Sie. „Im gewissen Sinne stimmt das, auch wenn ich mich nicht mit der schwarzen Magie beschäftigt habe. Aber meine Vorfahren kannten jemanden, welcher hier vor knapp 250 Jahren gelebt hatte, der es tat und ich glaube, er ist derjenige, der für das Verschwinden der ganzen Menschen verantwortlich ist!"

Hoffmann sah sie erstaunt an: „Sie wollen mir erzählen, dass jemand, der seit 250 Jahren...!"

„Halt, Halt, junger Mann, lassen Sie sich erst erzählen, was damals passiert ist. Der Mann beschäftigte sich mit Schwarzer Magie und diente einem Dämonen, den er den Zugang zu dieser Welt ermöglichen wollte. Das konnten einige Einwohner des Dorfes, (damals war unsere Stadt noch ein kleines Dorf mit 200-300 Einwohnern) verhindern. Sie mauerten ihn lebendig ein und belegten ihn zudem mit einem Bannspruch. Er fluchte, schrie sie an und schwor eines Tages wiederzukommen um seinen Meister zu erwecken, der dann die Herrschaft übernehmen würde! Das Ganze war damals absolut gefährlich, denn nicht nur, dass der Mann einen Dämon erwecken wollte, nein dieser spezielle Dämon gilt als total verrückt und nicht kontrollierbar!"

„Aber wie kann der Mann wiederkommen, wenn er doch seit 250 Jahren eingemauert und zudem noch mit diesem, wie nannten Sie es: Bannspruch belegt ist?" „Das ist es ja eben, dieser Bannspruch hält nur 250 Jahre an, und die Zeit ist nun fast um. Aber um in unsere Welt zurückzugelangen, benötigt er 66 Seelen."

„66 Seelen? Mein Gott, wir müssen etwas unternehmen", sagte Hoffmann. „Wissen sie, wo man diesen Mann einmauerte und wie können wir verhindern, dass er seinen Plan verwirklicht?" „Ich habe die alten Unterlagen überprüft und kann es zwar nicht ganz genau sagen, bin mir aber ziemlich sicher zu wissen, wo sich die Stelle befindet."

Ungeduldig sah er seinem menschlichen Diener zu, wie der seine Ankunft vorbereitete! Er wollte endlich die Welt der Menschen betreten! Aber nicht um sie zu beherrschen, wie es die anderen Dämonen vorhatten, und vor allem der Herrscher hier, nein sein Bestreben war die Zerstörung! Ja, es musste alles zerstört und alle Menschen getötet werden, damit die anderen niemals in den Genuss kamen die Menschheit zu beherrschen. Das wäre dann seine Rache für die Ewigkeit, an der man ihn gemieden, abgesondert, und schließlich sogar eingesperrt hatte. Alle hielten sie ihn für verrückt und dafür würde er sich rächen!

Während Hoffmann mit der alten Frau die Unterlagen überprüfte, klingelte sein Handy. Inspektor Schmidt war der Störer. „Stell dir vor, die Frau des Bürgermeisters verschwand gestern. Wir brauchen jeden Mann bei der Suche." „Ich befinde mich ganz in der Nähe, bin in fünfzehn Minuten bei dir!" „So spät? Sag mal, hat das Gespräch mit der … " Hoffmann legte auf. „Wir müssen uns beeilen, die Zeit drängt, Frau Strawitzki." „Wo, vermuten sie, befindet sich der Magier?" „Sie mauerten ihn damals ein, und nach meinen Unterlagen und Nachforschungen baute man etliche Jahrhunderte später den Tunnel, wissen sie diese Unterführung, über welche die Hauptlinie fährt". „Ja, ich kenne den Tunnel, aber wie können wir diesen Magier besiegen?" „Ich habe da einen Plan", meinte die Alte. Sie sah Hoffmann nachdenklich an und sagte dann: „Wir sollten uns aber beeilen, denn mit Sicherheit bereitet er alles vor, damit sein Meister, der irre Dämon, in unsere Welt gelangen kann. Und wenn das geschieht, ist alles zu spät, dann könnte ihn nicht mal der Teufel (sie bekreuzigte sich) persönlich aufhalten!"

Die Frau erblickte zwei Männer, die sich an der Suchaktion beteiligten, und winkte ihnen zu. Sie sah dabei nicht, dass einer der beiden ein Funkgerät trug und die Einsatzleitung verständigte. „Ich glaube wir haben sie gesehen. Die Frau ist in den Tunnel gelaufen, diese alte Bahnunterführung. Wir werden ihr nachgehen, aber schicken sie vorsichtshalber noch einige Leute dahin", gab einer der beiden Polizisten über Funk durch! Danach liefen sie in den dunklen, kalten Tunnel. „Die Beleuchtung ist wohl das ganze Jahr über kaputt oder …!" „Sei ruhig, lass uns lieber sehen, ob wir die Frau finden, bist du dir sicher, dass es die gesuchte war?" „Nicht zu 100 %, aber wenn ich mir das Foto ansehe, bin ich ziemlich überzeugt davon." „Helft mir, bitte helft mir!", erklang plötzlich eine Stimme. „Wo kam das her?", fragte der Beamte mit dem Foto seinen Kollegen, als er plötzlich eine Frau **in** der Tunnelmauer sah. „Hilfe, holt mich hier raus", rief die Gattin des Bürgermeisters. Die beiden näherten sich der Mauer und gerade, als sie Anstalten machten die Frau an deren Armen zu packen, wurden sie selber in die Mauer „hineingezogen." „Das waren schon mal zwei", sagte sie einige Minuten später! „Ja, aber mir fehlen immer noch 47 Seelen". „Ich werde sehen, dass ich noch ...!" Sie verstummte, da plötzlich Stimmen und Schritte erklangen. „Drei", sagte er, „locke sie her." Sie nickte und die „Prozedur" wiederholte sich!

„**M**an hat ihre Gattin gesehen, wie sie in den Tunnel lief, Herr Bürgermeister, Sie wissen schon, dort wo die Bahnstrecke ... ! Es sind zwei meiner Männer hinterher gelaufen, aber ich habe seitdem nichts mehr von ihnen gehört! Ja, Herr Bürgermeister, ich werde mich persönlich dorthin begeben. Ja, selbstverständlich Herr Bürgermeister, werde ich mich sofort wieder melden, wenn ich Näheres weiß!"

Schmidt steckte sein Handy wieder ein und wischte sich den Schweiß von der Stirn. „Der Bürgermeister macht ganz schön Druck, wenn wir seine Frau nicht bald finden, dann ...! Wo bleibt eigentlich Hofmann, ist er immer noch nicht hier?" „Ach so Chef, er ging zum Tunnel! Da sind mittlerweile noch sechs weitere unserer Kollegen hineingegangen, von denen haben wir seitdem auch nichts mehr gehört!" „Was soll das heißen, willst du mir erzählen, dass in diesem kleinen Tunnel **acht** Beamte verschwunden sind?! Der ist doch nur 100 Meter lang!" „Noch nicht mal, eher 50 Meter."

Als Schmidt am Tunnel ankam, war dort kein Beamter zu sehen. „Wo sind die alle abgeblieben?", fragte er seinen Kollegen. „Ich habe keine Ahnung. Ah, sehen sie da kommt Hofmann!" „Wen bringt er denn da mit? Das ist doch diese durchgeknallte Alte, die letztens bei uns war!" „Endlich kommst du, das wird auch Zeit, wir haben hier massive Probleme und der Bürgermeister macht auch ordentlich Druck", schnauzte Schmidt seinen Kollegen an.

„**W**as genau ist passiert?", wollte Hofmann wissen. „Angeblich sahen mehrere unserer Kollegen die Alte, äh die Frau des Bürgermeisters, und folgten ihr, als sie in diesem Tunnel lief". „Und befindet sich die Frau jetzt in Sicherheit?" „Nein, das ist ja eines der zwei großen Probleme!", schrie Schmidt, der mittlerweile einen fast hysterischen Eindruck machte. „Ich verstehe, unsere Kollegen sind also auch verschwunden", meinte Hofmann nachdenklich. Schmidt sah seinen Kollegen erstaunt an. „Woher um alles in der Welt, weißt du das?" „Keine Zeit für lange Erklärungen, was ist denn das zweite Problem?" „Der Bürgermeister! Er übt ziemlichen Druck aus, schrie durch das Telefon, er werde mir den Fall entziehen und drohte mich zu suspendieren, falls wir seine Frau nicht bald auffinden!"

„**Ok**, lass mich das übernehmen", sagte Hofmann. „Du? Was kannst du denn da ausrichten, wenn schon etliche unserer Kollegen verschwunden sind? Oder weißt du mehr als ich?" „Ich habe jetzt keine Zeit für große Erklärungen, wir gehen in den Tunnel und beenden das Ganze!" „**Wir**? Wen zum Teufel meinst du mit **Wir**? Doch nicht etwa diese alte verschrumpelte Kräuterhexe? Was für einen Floh hat die Alte dir ins Ohr gesetzt?" „Wenn du der Meinung bist, dass du bessere Vorschläge hast, dann nur zu!", antwortete Hofmann. Schmidt sah seinen Kollegen nachdenklich an. Schließlich meinte er: „Na gut, aber was ihr beiden da ausrichten wollt, ist mir ein Rätsel." Hofmann wandte sich ab und betrat mit der alten Frau den Tunnel.

„**Er** befindet sich hier, ich fühle seine Anwesenheit", flüsterte sie. Ihr Begleiter spürte, wie ihm kalter Schweiß den Rücken runterrann, und zweifelte jetzt doch ein wenig daran, ob die Idee mit der alten Frau hier in den Tunnel zu gehen, richtig war. Plötzlich, wie aus dem Nichts, stand eine Frau vor ihnen. „Ist sie das?", fragte Frau Strawitzki. „Wie, wer soll das sein?", fragte Hofmann, der etwas verwirrt schien, zurück. „Na, die Frau des Bürgermeisters, nach der hier alle suchen". „Ich weiß nicht, habe sie nie persönlich kennengelernt." „Kommen Sie, ich zeige ihnen, wo sich die ganzen Vermissten befinden", sagte die Gattin des Bürgermeisters zu Hofmann! Wie hypnotisiert starrte Hofmann die Frau an und folgte ihr. „Warten Sie, das ist eine Falle! Sie dient ihn!", schrie die Alte und versuchte den Polizeibeamten festzuhalten. Der ging aber unbeirrt weiter. Die Frau bewegte sich auf die Tunnelwand zu und verschwand plötzlich. „Wo sind sie?", rief Hofmann. „Hier, kommen Sie, bei mir sind auch die anderen", erklang ihre Stimme. „Aber, wie kann ...", wollte Hofmann fragen, als ihn plötzlich zwei kräftige Hände in die Wand hineingezogen. Die Alte hatte das vorausgesehen und klammerte sich an Hofmanns rechtem Bein.

Als sich die beiden plötzlich in eine Art Hohlraum hinter der Mauer befanden, erschrak Sophie, bei dem Anblick der vielen herumliegenden Leichen. Diese sahen so aus, als ob sie niemals gelebt hätten, fast wie Puppen, und alle mit bleicher Hautfarbe. Jeglicher Tropfen Blut schien aus ihnen gewichen zu sein und natürlich die Seelen! Der Magier wollte sich gerade der Seele von Hofmann, welcher ohnmächtig geworden war, bemächtigen, als sie: „Halt!" schrie. „Wer zum Teufel ...?!" „Damit hast du gar nicht so unrecht", sagte die Alte. „Verdammt, du siehst so aus wie diese Hexe, die mich damals ...!" „Ich bin eine Nachkommin! Alle Nachkommen der großen Martha hatten den Auftrag zu verhindern, dass du diese Welt wieder betrittst. Und auch nicht dein Meister!" „Wie willst du mich hindern? Das hier ist mein Reich und hier gelten meine Regeln", sagte er mit kaltem, höhnischen Lächeln! „Weder du noch Gott können mich aufhalten!" „Nicht Gott, aber er!!", schrie die Alte und murmelte etwas vor sich hin, wobei sie gleichzeitig einen Kreis auf dem Boden malte. „Was, machst du da?!", schrie er und versuchte die alte Frau packen. Da tat sich plötzlich der Boden auf. Ein breiter, tiefer Spalt entstand, aus den Funken sprühten und aus einem großen, glühenden Feuer, das tief unten seinen Ursprung zu haben schien, kam „Etwas" nach oben! Der Magier hielt sich am Rande des Lochs fest, doch plötzlich schellte eine riesige Klaue aus den Flammen, die ihn am Hals packte und eine klaffende, blutende Wunde zufügte. Eine dunkle Stimme ertönte: „Du möchtest deinen Meister sehen? Dann wirst du jetzt mit ihm zusammen eingesperrt werden und das für alle Ewigkeit!" „Bist du ...?" „Ja, der bin ich!", antworte der Besitzer der Klaue. Und du kannst jetzt endlich deinen Magister begrüßen, ich befürchte nur, er wird nicht besonders darüber erfreut sein, dass du seinen Auftrag nicht erfüllt hast!" „Nein! Nein!", schrie der Zauberer, als er in die Tiefe gerissen wurde. Sekunden später schloss sich die Spalte wieder.

Einige Minuten danach erwachte Hofmann aus seiner Ohnmacht. Als er sich umsah, wäre er, ob des Anblicks der Leichen, fast in eine neue Ohnmacht gefallen, aber die Alte legte ihren Arm um seine Schulter und sagte: „Es ist vorbei, er ist fort!" „Fort? Wohin?" „Das ist nicht wichtig" „Und die Frau des Bürgermeisters?", fragte Hofmann.

Diese stand in einer Ecke und hatte, vor Angst schlotternd alles mit angesehen. „Ich kann nichts dafür, er hat mich gezwungen", schluchzte sie heuchlerisch. „Schon gut, viel wichtiger ist: Was erzählen wir den anderen?" „Dass **er** daran schuld ist!", schrie die Frau des Bürgermeisters. „Er?? Ich sehe hier niemanden, dafür aber eine Menge Leichen!", erwiderte Hofmann! „Ich will da nicht mit hineingezogen werden, das würde der Karriere meines Mannes schaden, und...!" „Was ist überhaupt passiert, während ich ohnmächtig war?", fragte Hofmann Frau Strawitzki, das Gestammel der anderen ignorierend. „Das brauchen Sie nicht zu wissen, es langt, dass die Frau dort es mit ansah. Und so unschuldig, wie sie tut, ist unsere liebe Bürgermeistergattin nicht. Sie lockte hier etliche Leute her, deren Leichen nun dort liegen.", klärte die alte Frau den ungläubig dreinblickenden Kriminalbeamten auf.! „Das können sie nicht beweisen! Hängen Sie mir das an, wird mein Mann Sie fertigmachen! Und Sie verlieren ihren Job! Ich werde ...!" Sie verstummte, da die Alte begann einige merkwürdig klingende Worte auszusprechen. „Was reden Sie da?", schrie die Frau des Bürgermeisters. „Sie werden doch nicht schon wieder?" Da öffnete sich der Boden unter ihr und sie fiel schreiend, zusammen mit dem Leichenberg, in den Spalt, der sich danach sofort wieder verschloss!

Hoffmann sah die Alte nachdenklich an. „Wenn die Gattin des Bürgermeisters diesem Magier diente und der Magier einen verrückten Dämon, wen dienen dann **Sie**?" Die Alte verzog ihr Gesicht zu einem gezwungenen Grinsen. „Manchmal, junger Mann, verbündet man sich mit einem Feind, um einen gemeinsamen Feind zu bekämpfen!" Hoffmann blickte sie lange nachdenklich an und nickte.

„Aber was sagen wir jetzt meinem Kollegen, den Bürgermeister und ...!" „Nichts! Wir zeigen ihnen nur diesen Platz. Ihre Kollegen werden diesen gründlich untersuchen, wobei sie sicher auch die noch vorhandenen Blutspuren von einigen der Toten vorfinden. Danach wird man zwar einige Zeit herumrätseln und nachforschen, aber der Fall wird nie aufgeklärt werden."

„Hm", meinte Hoffmann, „so viele Blutspuren sind gar nicht vorhanden." „Umso besser, man wird einige Theorien aufstellen, aber niemals die Wahrheit erfahren, wenn wir nicht reden!" „Ich fand hier nur diesen Hohlraum mit den Blutspuren", sagte Hofmann, und begab sich mit der alten Frau zu der Tür, die sich nur von der Innenseite öffnen ließ.

„Na endlich, wo wart ihr so lange?", fragte Schmidt seinen Kollegen! „In der Tunnelwand! Komm mit, wir haben dort etwas sehr Merkwürdiges entdeckt."

In den nächsten Tagen gab es große Untersuchungen und wilde Spekulationen, die aber zu keinem Ergebnis führten. Und nach einiger Zeit passierte dann genau das, was die alte Frau „prophezeite" . Die Polizei stellte die Nachforschungen ein. Der Tunnel aber wurde geschlossen und zugemauert und mit ihm auch der alte Dorffluch.

Nachts an der Bushaltestelle

Ein Blick auf die Uhr in ihrem Handy verriet ihr, dass sie noch mehr als zwölf Minuten warten musste! Sie warf einen verstohlenen Blick rüber. Was war das bloß für ein Typ, mit seiner Glatze konnte er einer von diesen ... sein! Es war aber auch möglich, dass sie sich täuschte, vielleicht kam er ja aus noch viel schlimmeren Kreisen, aus solchen, wo man mit Frauen nicht zimperlich umging, und sie, wenn man Lust bekam ...! Da, hatte sie sich das nur eingebildet, oder war es wirklich so, dass er für einen kurzen, ganz kurzen Augenblick einen prüfenden Blick auf ihren Körper geworfen und sich dabei mit der Zunge über die Lippen geleckt hatte? Leichte Panik kam in ihr auf, denn in letzter Zeit hatte es einige Berichte über Angriffe auf Frauen in den Nachrichten gegeben, zwei wurden zudem seit einigen Tagen vermisst. Was, wenn dieser Mann dafür verantwortlich war? Sie zwang sich den Gedanken nicht weiterzuspinnen und sah sich stattdessen lieber die letzten SMS auf ihrem Handy an.

Er blickte genervt auf die Armbanduhr. Zehn Minuten musste er noch auf den Bus warten. Hoffentlich hatte der nicht auch noch Verspätung. Aber nein, dieser Gedanke war unsinnig und dem übermäßigen Alkoholgenuss geschuldet, denn der Nachtbus hatte noch nie Verspätung gehabt. Das Konzert war sehr laut gewesen, ihm dröhnten immer noch die Ohren. Dafür, dass es nur zwei lokale Bands waren, die noch keine Scheibe veröffentlicht hatten, spielten sie sehr geilen Deathmetal! Er schaute ganz kurz mal zu der jungen Frau rüber, wandte seinen Blick aber gleich wieder ab. Mit der schien irgendetwas nicht zu stimmen! Ihr Gesichtsausdruck machte auf ihn irgendwie einen abgedrehten, fast paranoiden Eindruck. Aber vielleicht bildete er sich das auch nur ein, hoffentlich war das nicht die Tante, die hier letztens nachts einen Typen mit einem Messer angegriffen hatte. Der Mann hatte sich tiefe Stichwunden eingefangen und wenn dessen Kumpel nicht dabei gewesen wäre …! Irgendwie ging es da auch um KO-Tropfen oder Ähnliches, die sie dem Mann in seiner Bierdose geschüttet haben sollte, so ganz genau konnte er sich an den Zeitungsartikel nicht mehr erinnern. Die Polizei untersuchte den Fall immer noch und schloss auch nicht aus, dass die beiden jungen Männer die Frau vorher belästigt hatten, (*denn nahezu zeitgleich gab es auch einige Übergriffe auf junge Frauen, zwei waren zudem in letzter Zeit hier verschwunden und seitdem als vermisst gemeldet*) und die Geschichte mit dem KO-Tropfen nur gelogen war, konnte aber nichts Näheres sagen, bevor man diese Frau nicht gefunden und vernommen hatte! „Ob es diese Tante hier ist? Ach, das ist doch alles Quatsch, was ich mir hier zusammen spinne", dachte er, und blickte erneut auf seine Uhr. Noch sieben Minuten dann würde der Bus endlich ankommen!

Inmitten dieser Gedanken wurde er durch einen Hilferuf aufgeschreckt! Von der anderen Straßenseite kam eine Frau angelaufen, die von einem Typen mit einer dunklen Kapuzenjacke verfolgt wurde, der sich aber umdrehte und in der Nacht verschwand, als die Frau über die Straße zu lief! Hilfe, helft mir bitte, der Mann hat ein Messer und wollte mich …! Ihr Gestammel ging in ein Schluchzen über. Na, beruhigen sie sich mal wieder, jetzt sind sie doch in Sicherheit, sagte er und legte seinen Arm um ihre Schultern! Aber vielleicht ist er noch in der Nähe und kommt mit ein oder zwei Kumpels wieder sagte die andere Frau und setzte sich auf die Bank in der Bushaltestelle! Ja, am besten wäre es, wenn mich jemand nach Hause begleiten würde. „Ist es denn weit von hier?", fragte der Metalfan. „Etwa (sie zögerte etwas mit der Antwort) 700 Meter, schätze ich, vielleicht auch etwas mehr", antwortete die Frau, wobei sie ihr Handy herausholte und dort auf einige Tasten drückte. Ich wohne in der Nelkenstraße. Kenne ich, ich wohne zwei Straßen weiter, da kann ich euch begleiten, sagte die andere Frau. He, He, wer sagt denn, dass ich einverstanden bin, murrte der Metalfan, doch als er den verzweifelnden, bittenden Gesichtsausdruck der Frau ansah, konnte er nicht widersprechen. Wollen wir nicht vorher noch die Polizei alarmieren, fragte die andere? Habe ich gerade gemacht, hat aber keiner abgenommen. Andreas (der „Metalfreak") wunderte sich etwas, denn seiner Meinung nach wurde von der Frau nur eine SMS abgesendet, und bestimmt nicht an die Bullen, aber er sagte nichts, vielleicht erwartete sie ja Besuch und hatte denjenigen mitgeteilt, dass sie sich verspätete! Eigentlich verspürte er keine große Lust die beiden Frauen zu begleiten, denn er fühlte sich, bedingt durch den Alkoholkonsum, müde. Aber soll`s, jetzt hatte er versprochen, die Frau nach Hause zu begleiten und außerdem würde ihm ewig Gewissensbisse plagen, wenn ihr etwas passieren sollte. Schweigend machten sich die Drei auf den Weg, wobei sie sorgfältig die dunkle Umgebung beobachteten.

In der Nelkenstraße blickte jemand ungeduldig auf die Uhr. Sollte er ihr entgegengehen, aber nein, was für ein unsinniger Gedanke, dann könnten sie ja nicht ...! Doch was war das für ein Typ gewesen, der sie attackiert hatte. Na, ja zum Glück wurde sie ja jetzt von den beiden begleitet. Marita war eben doch nicht so furchtlos, wie sie immer tat. Das bewies auch ihr Job, den sie gemeinsam angenommen hatten, denn bisher war **sie** völlig erfolglos gewesen. Aber vielleicht würde sich das jetzt ändern!

Der Mann mit dem Kapuzenpullover folgte den Dreien unauffällig. Schade, um ein Haar, hätte er diese widerliche Tante bekommen, jetzt musste er wenigstens herausfinden, wo sie wohnte. Nein, das war nicht genug! Er dachte an den Typen und die andere Frau und machte sich große Sorgen.

Mittlerweile waren die Drei in der Nelkenstraße angekommen. Ich möchte mich gerne bei euch beiden bedanken, kommt ihr noch mit auf einen Drink nach oben? Ich will eigentlich ..., begann Andreas, verstummte aber, als ihr Schlüsselbund direkt vor seinen Füßen fiel und er, als sie sich danach bückte, wie zufällig in ihren Ausschnitt blicken konnte. Und was er dort sah, veranlasste ihn: „Okay, aber nur auf einen Drink!", zu sagen. „Mal sehen", flüsterte sie in sein Ohr. „Vielleicht sollte ich lieber gehen", meinte die andere Frau. „Aber nein, sie kommen selbstverständlich auch mit hoch". Nachdem Sie schließlich doch eingewilligt hatte, gingen sie zu dritt die Treppen hoch.

Der „Kapuzenmann" hatte aus seinem Versteck bemerkt, dass die Haustür glücklicherweise nicht ganz zugefallen war. Also schlich er sich nach kurzer Zeit ins Haus und folgte den Dreien!

Schritte erklangen im Treppenhaus, er hörte ihr Lachen. Sie brachte also die beiden mit. Er hatte hier schon alles so weit vorbereitet. Wenn alles glatt lief, konnten sie endlich mal wieder etwas Kohle verdienen, ihre Auftraggeber wurden allmählich schon etwas ungeduldig. Er würde ihr die Initiative überlassen, die Tropfen hatte er schon bereitgelegt. Da öffnete sich die Tür und die drei kamen rein. „Dort drüben ist das Wohnzimmer, was trinkt ihr, Whisky?" „Ja, ein Whisky wäre okay", sagte Andreas und blickte etwas verwundert, als er ins Wohnzimmer kam. Wer war dieser Mann, nach ihren Verhalten nach schien sie doch keinen Freund zu haben?! Sie kam mit einem Tablett auf dem sich zwei Mischungen, einer Flasche Bier und ein Glas Sekt befanden, herein, sah seinen erstaunten Blick und sagte: „Das ist nur mein Bruder Bernd, er ist einige Tage auf Besuch hier." „Wenn das ihr Bruder ist, bin ich Mutter Theresa", dachte die Frau von der Bushaltestelle und irgendwie überkam sie ein unangenehmes Gefühl, so als ob etwas Kaltes auf ihrer Haut war. „Ich glaube, ich will doch lieber los", sagte sie! „Ach, trinken sie doch wenigstens ihr Glas aus", bat die Gastgeberin! „Ja", das wäre sonst unhöflich gegenüber unserer Gastgeberin", sagte Andreas. „Während er seine Whiskymischung trank, überlegte er, wie man diesen Bruder loswerden könnte, vielleicht ...? Igitt, dieser Whisky schmeckte irgendwie merkwürdig und warum wurde ihn auf einmal so schwindelig? Er sah noch, wie die Frau von der Bushaltestelle zusammenbrach, dann wurde auch ihm schwarz vor Augen und er sank auf dem Sofa zusammen.

„Hast du gesehen, wie er mir die ganze Zeit auf die Titten geglotzt hat?", fragte sie. „Ja, das hast du gut gemacht, er war völlig ahnungslos, hingegen diese Tante hier schien doch sehr argwöhnisch zu sein. Sie hat die Mischung nicht ganz ausgetrunken, ich werde ihr vorsichtshalber noch eine Spritze geben. Und du kannst schon mal unseren Metalmaniac hier fesseln, aber beeil dich mal, es besteht uns noch einiges an Arbeit bevor", sagte der angebliche Bruder.

Er hatte im Treppenhaus mehr als 5 Minuten gewartet. Was sollte er jetzt tun? Die Polizei anrufen? Aber würden die ihm glauben, dass dies die Frau war, die seinen Kumpel angestochen hatte? Der lag immer noch im Krankenhaus. Das Ganze war damals ziemlich merkwürdig gewesen. Sein Kumpel und er waren mit ihr gegangen, um sie nach Hause zu bringen, da sie alleine Angst hatte (das sagte sie jedenfalls), und auf den Weg dorthin hatte der bemerkt, dass sie etwas in seine Bierdose geschüttet hatte und wollte die Frau am Arm packen. Daraufhin stach sie ihn nieder und flüchtete. Seine Reaktion war zu langsam, er hatte die Frau zwar verfolgt, doch sie stieg in ein Auto und fuhr fort. Das heißt, nein, nicht sie war gefahren, sondern jemand anders, denn die Frau war ja auf der Beifahrerseite eingestiegen! So blieb ihm damals nichts anderes übrig, als die Polizei und einen Krankenwagen zu rufen!

Nach einigem Nachdenken entschloss er sich, doch bei der Polizei anzurufen. „Sind Sie ganz sicher?", fragte der Polizeibeamte am anderen Ende der Leitung. „Ja zu 100 %, denn dieses Gesicht vergesse ich mein ganzes Leben nicht".
„Dann warten Sie bitte, bis die Beamten eintreffen. Nelken-

straße 12?" „Ja, im ersten Stock Mitte, das ist die einzige Wohnung, in der noch Licht brennt. Nachdem er aufgelegt hatte, entschloss er sich, doch nicht auszuharren bis die Beamten eintrafen, sondern stieg stattdessen die Treppenstufen bis zur Wohnung der Frau hoch und klingelte.

Er hatte gerade die Gerätschaften ausgepackt und wollte sich an die Arbeit machen, als das Klingeln der Tür ertönte. „Scheiße, wer mag das sein?", fragte er seine Freundin. „Ich habe keine Ahnung, übrigens die Frau ...!" „Was ist mit ihr, hast du sie auf den Tisch gelegt und sind ihre Nieren und was wir sonst noch gebrauchen können schon draußen?" „Nein, soweit bin ich noch nicht, aber sie ..., Sie ist tot", sagte sie leise mit stockender Stimme. „Die Spritze war wohl doch etwas zu viel des Guten". „Das ist doch völlig egal", sagte er. „Wie egal??" „Ja glaubst du denn, dass die beiden Frauen denen wir die Nieren und einige andere Organe entfernt haben, noch leben?" „Dann wären wir jetzt bestimmt im Bau! Und jetzt sehe ich nach, wer an der Tür ist", sagte er mürrisch, zog aber zur Vorsicht noch eine Spritze auf. Er öffnete die Tür und sah den Mann fragend an. „Ja, äh, ich bin der Martin und habe zufällig meine Schwester Sandra hier hineingehen sehen. Ich muss unbedingt mit ihr sprechen", sagte er. Der andere zögerte kurz mit der Antwort. Nach einigen Sekunden sagte er aber: „Klar, komm doch rein!" Als Martin in der Wohnung war und sich fragend umsah, bemerkte er die Spritze in der Hand des Mannes. Als dieser ihn von hinten packen wollte, wich er geschickt aus, stolperte aber leider über ein Stuhlbein. „Du bist mir etwas zu aufgeregt, ich habe hier etwas Beruhigendes für dich", sagte der andere und kam mit erhobener Hand, in welcher er die tropfende Spritze hielt, auf Martin zu. Als er gerade ausholen wollte, schrie jemand hinter ihm: „Polizei, fallen lassen, oder wir schießen!" Er drehte sich um und sah, dass er die Tür nicht geschlossen hatte. „Okay, okay", sagte er, hob, seinem linken Arm nach oben, während er sich mit der rechten Hand blitzschnell die Spritze ins Herz jagte.

„**Sie** haben uns einen großen Dienst erwiesen", sagte der Kommissar einige Tage später zu Martin. „Wer weiß, wie viele Menschen, die beiden um der Organe wegen noch getötet hätten. Den Mann konnten wir übrigens noch retten, er hatte nur Ko-Tropfen bekommen, während die Frau an demselben Mittel gestorben ist, das sich auch der Mörder injizierte. Seine Komplizin und Freundin hat wohl selber nicht gemordet, wird aber wegen Beihilfe zum Mord und schwerer Körperverletzung bis auf Weiteres hinter Gittern kommen. Viel interessanter sind aber die Telefonnummern und Adressen von den Auftraggebern, es scheint sich um eine große internationale Bande zu handeln. Da haben wir noch viel Arbeit vor uns", sagte der Polizeibeamte und reichte Martin zum Abschied die Hand.

Die Befreiung des Befreiers!
(Fortsetzung von: „Die Befreiung" aus: Depressionen, WM-Fieber und andere Krankheiten!)

Man hielt ihn jetzt etliche Wochen hier gefangen. Er zählte die Tage nicht mit, aber es waren bestimmt schon zwei Monate, und Vera hatte ihn immer noch nicht befreit, obwohl sie es ihm fest versprochen hatte. Fast wollte er die Hoffnung aufgegeben, aber gestern sah er sie dann unerwartet doch wieder. Vera sah wundersamerweise genauso aus wie damals, bevor man sie in dieses Verlies eingesperrt hatte. Zur Tarnung hatte sie sich diese weiße Kleidung angezogen, die hier alle trugen. Das war sehr intelligent von ihr, denn sonst wäre sie vielleicht erkannt und wieder in ein Verlies gesperrt worden. Diese sogenannten Ärzte wollten ihn einreden, dass seine Freundin schon lange tot und er ein sehr kranker Mann sei, aber das waren natürlich alles Lügen!

„Keine Angst, zwei, drei Tage noch, dann sind wir wieder vereint Frank", hatte sie ihm durch das Zellenfenster zugeflüstert. „An der ganzen Situation sind nur meine Eltern schuld, sie haben dafür gesorgt, dass du hier eingesperrt wurdest", sagte „Vera", musste das Gespräch dann aber abbrechen, weil ein Pfleger kam.

„Diesen Frank Stendal aus Zelle 113 scheint es etwas besser zu gehen. Meine Kollegen sagen, dass er nicht mehr ganz so trübsinnig ist und hin und wieder sogar lächelt. Auf mich machte er heute auch einen viel positiveren Eindruck." Der Chefarzt sah den Pfleger nachdenklich an. „Frank Stendal aus Zelle 113? Ach ja, das ist doch dieser Typ, der seine tote Freundin ausgrub, weil er sich eingebildet hatte, man hielte sie in einem Verlies gefangen. Wer ist der behandelnde Arzt?" „Dr. Krasnowintzki." „Und was sagt er?" „Er ist noch sehr skeptisch und traut der ganzen Sache nicht so recht. Der Mann führt weiterhin Selbstgespräche, die aber nur aus leisem Gemurmel bestehen. Man kann also nicht genau einschätzen, ob sich sein Zustand verbessert hat. Vielleicht sollten wir ihn noch einmal gründlich befragen und untersuchen". Auf der Stirn des Chefarztes konnte man tiefe Runzeln erkennen. Diese bildeten sich immer, wenn er intensiv nachdachte, vor allem wenn es sich um Etwas handelte, zu dem er sich noch keine Meinung gebildet hatte. „Mir fällt in diesem Zusammenhang ein: Haben sie dem Mann erlaubt zu schreiben?" „Zu schreiben?" „Ja, hat er Briefe geschrieben und wurden diese versendet, ohne dass sie vorher überprüft wurden?" „Nein, der Mann hat in der ganzen Zeit keine einzige Zeile geschrieben, warum fragen sie?" „Weil die Eltern seiner ehemaligen Freundin Drohbriefe bekommen haben, in denen ihre Ermordung angekündigt wird, als Rache für Vera (Vera war ihre verstorbene Tochter)! Unterschrieben waren diese mit seinem Namen!" Der Pfleger sah den Chefarzt ungläubig an. „Das verstehe ich nicht, meinte er kopfschüttelnd." „Na ja, vielleicht macht sich da jemand nur einen, allerdings sehr geschmacklosen, Scherz. Ist Dr. Krasnowintzki gerade beschäftigt?" „Ich kann nachsehen, soll ich ihn ausrichten, dass sie ihn sprechen möchten?" „Ja, ich glaube, das wäre ganz sinnvoll!" Einige Minuten später betrat Dr. Krasnowintzki das Zimmer des Chefarztes. „Setzen sie sich, ich muss mit ihnen über Frank Stendal sprechen". Dr. Krasnowintzki blickte erstaunt in das Gesicht des

Chefarztes, als dieser ihm von den Drohbriefen erzählte. „Nein, ganz unmöglich, dass sie von ihm geschrieben worden sind. Ich hätte dazu niemals die Erlaubnis gegeben, denn die Gefahr, dass er sich oder jemanden mit dem Kugelschreiber verletzt, wäre viel zu groß." Dr. Marlow, der Chefarzt, nickt nachdenklich. „Merkwürdige Sache, da erlaubt sich wohl jemand einen makabren Scherz."

„Schon wieder so ein Brief, das macht mir Angst, Wolfgang! Kontrollieren Sie in der Psychiatrie denn nicht die Post? Warum erlaubt man dem Irren überhaupt zu schreiben? Es kann doch nicht sein, das wir jetzt hier alle drei Tage einen Drohbrief von diesem Frank bekommen. Hat der nicht schon genug angerichtet?" „Was steht denn drin?" „Hier, lies selber!" (Seine Frau reichte ihm den Brief rüber) Wolfgang setzte seine Brille auf und las:

Bald bin ich frei! Und dann werdet ihr für alles büßen, was ihr Vera und mir angetan habt! Bucht euch schon zwei Plätze in der Hölle!

Frank

Wolfgang verzog das Gesicht. „Ich habe die Klinik doch über den ersten Brief unterrichtet. Da muss ich wohl noch einmal hinfahren und mit dem Chefarzt sprechen!" Wolfgang zog sich Schuhe und Jacke an. „Willst du jetzt sofort los?" „Ja, solche Dinge sollte man nicht aufschieben!" Er küsste seine Frau auf die Wangen, verließ das Haus und stieg in sein Auto.

Frank freute sich schon auf das Wiedersehen mit Vera. Ein Tag noch, dann wollte sie ihn hier aus dieser Zelle befreien und sie wären endlich wieder vereint. Wenn er sie mit damals verglich, als er sie aus dem Verlies gerettet hatte, musste er zugeben, dass sie jetzt besser aussah, sogar noch schöner als vor ihrer „Inhaftierung". Ja, ein Tag noch und dann konnte er sie endlich wieder in die Arme nehmen und ...! Merkwürdig erschien ihm nur Veras Behauptung, dass ihre Eltern schuld an dem Ganzen seien. Er empfand keine Antipathie gegen die Eltern seiner Freundin. Im Gegenteil, sie waren ihm eigentlich immer ganz sympathisch gewesen. Aber vielleicht hatte er sie falsch eingeschätzt. Vera müsste es eigentlich besser wissen. Und trotzdem verstand er nicht, warum sie die Inhaftierung von Vera und jetzt auch von ihm veranlasst hatten, es ergab für ihn keinen Sinn. Na ja, wenn er erst einmal draußen wäre, würde er sie befragen.

„Meinst du, dass morgen Abend alles glatt läuft?" „Du solltest eigentlich keine Probleme bekommen. Ich werde den zuständigen Pfleger in mein Büro bitten und ihn dort fünfzehn Minuten aufhalten. Das sollte völlig ausreichen, um Frank aus der Zelle zu holen. Hier ist der Schlüssel für die Tür. Schließe danach wieder ab und stecke ihn in meine Jackentasche." „Was für ein Glück, dass dieser Trakt noch ziemlich veraltet ist, in dem Neueren wäre es schwerer geworden, dort gibt es keine Türen mit Schlössern", bemerkte „Vera". „Deswegen habe ich ihn ja auch hierher verlegen lassen", sagte er und zündete sich eine Zigarette an. „Wenn die ganze Geschichte nur schon beendet wäre, irgendwie habe ich ein ungutes Gefühl!" „Ach, was soll schon passie-

ren? Unser Pan ist bis ins Detail perfekt ausgearbeitet!"
„Das sagst Du, aber vielleicht haben wir doch etwas übersehen?" Sie winkte ab und sagte lachend: „*Veras* Pläne haben keine Fehler!"

Der Chefarzt Dr. Marlow, starrte nachdenklich auf den Brief. „Haben sie die Polizei eingeschaltet, Herr Maier?" „Die Polizei? Warum soll ich die Polizei einschalten?" „**Sie** sind doch verantwortlich für den Irren!" „Aber Herr Stendal hat den Brief nicht geschrieben, er bekommt von uns keinen Kugelschreiber, das wäre viel zu gefährlich, denn er könnte sich oder jemand vom Personal damit verletzen!" „Was wollen sie damit behaupten? Dass ich die Briefe selber geschrieben habe?!", schrie Maier. „Nein, aber vielleicht erlaubt sich jemand einen üblen Scherz mit ihnen, und deswegen gebe ich ihnen den Rat zur Polizei zu gehen, die könnten durch Ermittlungen vielleicht etwas herausfinden". „Vielleicht, vielleicht", äffte Maier die Stimme des Arztes nach. „Ich behaupte, dass dieser Frank mit Wissen ihres Personals die Briefe schreibt!" „Und wer soll sie dann versendet haben? Er bekommt keinen Freigang von uns", knurrte Dr. Marlow, der, ob der dummen, engstirnigen Art seines Gesprächspartners langsam auch etwas unwirsch wurde. „Das ist ihre Aufgabe, dies herauszufinden, und wenn ich noch einen Brief bekomme, verklage ich sie und ihr verdammtes Hospital!", schrie Maier und verließ fluchend das Zimmer! Dr. Marlow schüttelte immer noch seinen Kopf, als sein Kollege den Raum betrat. „Was war das denn für ein Spinner?", fragte Dr. Krasnowintzki. „Ach, das war Herr Maier". „Seine Frau und er haben schon wieder einen dieser Drohbriefe bekommen, wir hatten doch letztens drüber geredet!" „Ach ja, ich erinnere mich. Und was sagt Herr Maier?" „Er behauptet immer noch steif und fest, dass unser Patient die Briefe schreibt, und droht mir mit einer Klage, falls noch einer bei ihm eintreffen sollte!" „Ach lassen Sie ihn doch reden, da passiert sowieso nichts", meinte Dr. Krasnowintzki. „Ich habe auch langsam keine Lust mehr, mich mit diesem Herrn abzugeben, zumal ich ihn schon beim letzten Male geraten habe zur Polizei zu gehen!" „War er etwa nicht dort und hat Anzeige erstattet?" „Nein, er behauptet, dass die Briefe von unserem Patienten kommen würden und wir, das heißt ich, die Verantwortung dafür haben!" „Das ist doch Unsinn", sagte Krasnowintzki. „Wie gesagt der Patient hat von uns nie irgendwelche Schreibutensilien bekommen und demnach kann er auch keine Briefe schreiben!" „Ich weiß, aber merkwürdig ist die Sache dennoch, irgendwie habe ich ein ungutes Gefühl!"

Jetzt war die Nacht der „Befreiung" gekommen! Sie sah sich vorsichtig um: Es war kein Pfleger zu sehen. Eilig ging die Befreierin zur Zelle und schloss auf. Mit einer Handbewegung deutete sie Frank an, ruhig zu sein. „Hier, zieh dir das über", flüsterte „*Vera*", und warf ihm einen dunklen, langen Mantel zu. Frank fing diesen geschickt auf und zog ihn schnell an. Als sie draußen waren, schloss *Vera* die Tür ab und flüsterte ihm ins Ohr, dass er einige Sekunden warten solle. Nach ihrer Rückkehr liefen sie gemeinsam durch einige Gänge und erreichten schließlich einen kleinen Seitenausgang. Die frische Luft belebte Frank und veranlasste ihn tief durchzuatmen.

„Komm", sagte sie zu ihm und ging zu einem weißen Lieferwagen, wo sie die Rückklappe öffnete und ihn deutete einzusteigen. „Wo fahren wir jetzt hin?", fragte er. „Zu meinen Eltern!" „Deinen Eltern? Ehrlich gesagt, habe ich nicht ganz verstanden, was du mir im Hospital erzählt hast". „Das brauchst du auch nicht", sagte „Vera" grinsend. Frank spürte plötzlich den Einstich einer Nadel und Sekunden später wurde ihm schwarz vor Augen.

„Puh, das wäre geschafft", sagte sie sich, nachdem sie den bewusstlosen Mann „verstaut" hatte, und schloss die Klappe. Danach holte sie ihr Handy aus der Manteltasche und wählte eilig eine Nummer. Nachdem dreimal das Freizeichen ertönt war, legte sie wieder auf, stieg in den Wagen und fuhr davon!

In der Klinik herrschte große Aufregung, nachdem der zuständige Pfleger die Flucht von Frank bemerkt hatte. „Wie um alles in der Welt konnte das nur passieren?", schrie Dr. Marlow. „Ich habe nicht die leiseste Ahnung, es sieht so aus, als ob die Tür ***aufgeschlossen*** wurde", antwortete der Pfleger Schuster. „Aufgeschlossen, aber wie kann das sein? Es gibt nur zwei Schlüssel! Einen besitze ich, den anderen hat Dr. Kranowintzki." „Sie wollen doch nicht ihren Kollegen verdächtigen? Er war zur fraglichen Zeit in seinem Büro und hat mit mir über einen Patienten gesprochen. Und bevor ich sein Büro betrat, war dieser Frank noch in seiner Zelle, das kann ich beschwören!" „Wo ist Krasnowintzki jetzt?" „Hier bin ich, und ich kann ihnen versichern, dass die Zellentür nicht mit meinem Schlüssel geöffnet wurde, denn den hatte ich die ganze Zeit in meinem Büro." Nach diesem Satz holte er den Schlüssel aus seiner Manteltasche und „knallte" ihn schwungvoll auf dem Schreibtisch von Dr. Maier. „Hm, merkwürdige Sache, denn mein Schlüssel ist auch hier", sagte der Chefarzt und legte ihn neben dem seines Kollegen. „Aber wer hat dann die Zelle aufgeschlossen oder existiert ein Duplikat, von dem wir nichts wissen?", fragte sein Kollege. „Das werden wir schon herausbekommen, jetzt sollten wir erst einmal die Polizei verständigen, denn der Gedanke, dass dieser Frank jetzt frei herumläuft, bereitet mir Kopfschmerzen". „Entschuldigung, gab es da nicht ein Problem mit anonymen Drohbriefen, die er geschrieben haben soll?", fragte Schuster! „Ja, das stimmt, sagen sie der Polizei, dass sie sofort einen Wagen zu den Maiers schicken sollen!" „Wissen sie denn die Adresse?" „Nein verdammt, aber die werden sie schon herausbekommen!", schrie Dr. Marlow. Der Pfleger wollte etwas erwidern, zog es aber, ob des aufgeregten, fast zornigen, Zustandes von Dr. Marlow, vor zu schweigen.

Frank konnte sich nicht daran erinnern, dieses Haus betreten zu haben. Irgendwie ging es ihm sehr schlecht! Was war bloß passiert? Und wie kam die rote Flüssigkeit auf seine Kleidung und den Händen? Verdammt, das war ja Blut! Aber woher stammte es? Er konnte keine Verletzung an seinem Körper entdecken! Und die Wohnung?! Ja, jetzt erkannte er, wo er sich befand, das war doch das Haus von Veras Eltern!!

Die Vernehmung des Klinikpersonals brachte auch keine Erkenntnis darüber, wie Frank Stendal aus der Psychiatrie fliehen konnte, aber es wurde natürlich sofort eine Großfahndung nach ihm eingeleitet. „So wie es aussieht, muss ihn jemand aus der Anstalt befreit haben! Aber warum? Überprüfen Sie das Personal, welches heute hier Dienst hatte, vielleicht finden wir irgendeine Verbindung!" Der zuständige Polizeibeamte wirkte sehr nachdenklich!

„Es kam gerade eine Meldung von der Familie Maier, sie haben ihn dort gefunden", sagte sein Kollege! „Na, dann ist der Fall ja schnell gelöst!" „Nicht ganz, denn die Beamten haben auch die Leiche von Herrn Maier gefunden, seine Frau ist eben gerade nach Hause gekommen und steht unter schweren Schock!"

Sein Gegenüber sah ihn an, als ob er ein Gespenst wäre! „Was sagen sie da? Und was ist mit unserem Entflohenen?" „Hat Blut an der Kleidung und an seinen Händen. Er kann sich angeblich nicht erinnern, wie er in die Wohnung kam. Es scheint also ein sonnenklarer Fall zu sein oder was denken Sie?" „Nicht ganz, der Fall ist für mich erst geklärt, wenn wir herausgefunden haben, wer diesen Frank befreit hat. Veranlassen Sie, dass man ihn zur Vernehmung ins Revier fährt, ich werde in ca. 30 Minuten dort sein, vorher schaue ich mir noch den Tatort an". „Aber das ist doch jetzt ein Fall für die Mordkommission?" „Selbstverständlich, aber ich muss unbedingt mit den zuständigen Kommissar reden, das ist der zweite Grund, warum ich dort hinfahre".

Als er bei den Maiers ankam, waren die Kollegen der Spurensicherung schon im vollen Einsatz. Zielstrebig steuerte er auf Kommissar Reschnik zu. „Nanu, was machen sie denn hier, das fällt doch nicht gerade in Ihren Aufgabenbereich?", fragte dieser. Nachdem ihm sein Kollege den Grund seines Erscheinens genannt hatte, strich sich Reschnik nachdenklich mit den rechten Zeigefinger über das Kinn. „Merkwürdige Sache, zumal ich mir auch überhaupt nicht sicher bin, ob Frank Stendal den Mord begangen hat." „Das ist interessant, warum zweifeln sie daran?" „Nun, auf dem Messergriff sind zwar seine Fingerabdrücke, aber das Messer kann man ihn auch in die Hand gedrückt haben, was sogar sehr wahrscheinlich ist, denn wenn er die Waffe in seiner Hand gehabt hätte, müssten viel mehr Fingerabdrücke auf dem Griff sein. Der zweite Grund für meinen Zweifel ist, dass man ihm irgendetwas injizierte, denn ich fand einen frischen Einstich am Arm." „Könnte der nicht noch von seinem Hospitalaufenthalt stammen?" „Nein, das glaube ich nicht, es sei denn er hätte kurz vor seiner Flucht eine Spritze bekommen, aber dann wäre es für ihn unmöglich gewesen aus dem Krankenhaus zu fliehen." „Hm, sieht also ganz danach aus, als ob man Frank Stendal als Sündenbock benutzen wollte. Wer profitiert denn von dem Tod des Herrn Maier?" „Zunächst einmal seine Frau, wobei ich mir aber nicht sicher bin, ob sie nicht auch beseitigt werden sollte. Ich habe vorsichtshalber zwei Leute zur Überwachung für sie angesetzt!" „Und wer sonst noch?" „Das haben wir noch nicht überprüft, die Frau konnten wir auch noch nicht vernehmen, da sie einen schweren Schock erlitten hat, das kann natürlich auch gespielt sein, aber eigentlich glaube ich das nicht!"

„Das würde dann ja heißen, dass wir jemanden suchen, der ein sehr starkes Motiv hatte, Herrn Maier zu töten. Sie sollten das Personal des Hospitals überprüfen lassen, denn ich denke, dass der Täter dort arbeitet!" Der Kommissar sah sei-

nen Kollegen erstaunt an: „Woraus schließen Sie das?"
„Nun, dieser Frank ist ja nicht von alleine ausgebrochen, es muss ihm jemand geholfen haben, und das kann nur jemand vom Personal sein. Haben Sie ihn schon verhört?" „Ja, er erzählt, dass Vera ihn befreit hätte". „Vera? Das war doch seine verstorbene Freundin!" „Genau, Stendals Aussage erscheint mir wirres Gerede". „Wer weiß, ich glaube, dass hier jemand ein teuflisches Spiel treibt!" „Hm, ich habe noch nicht recherchiert, aber wenn ich mir dieses Haus so ansehe, scheint die Familie recht vermögend zu sein." „Ja, ich denke auch, dass es hier um Geld geht und dieser Frank sollte als Sündenbock herhalten!" „Der Mann ist schuldig, das ist jedenfalls die offizielle Mitteilung für die Presse!" „Aber ...!" Er verstummte, denn als er das Augenzwinkern des Kommissars sah, verstand er. "Gute Idee, könnte von mir sein, aber in welche Richtung wollen sie jetzt nachforschen?" „Nun ich werde mich erkundigen, wer erben würde, wenn das Ehepaar tot wäre, wobei ich die Ehefrau natürlich auch nicht gänzlich ausschließen möchte!" „Sie müssen herausfinden, wer diesen Frank befreit hat, es muss ja eine Frau gewesen sein, die wie seine Freundin aussah". „Oder ein Mann, der sich als Frau verkleidet hat!" „Sie denken ja an alles, Kollege!", sagte er grinsend. „War nur Spaß, denn ich glaube nicht, dass ein Mann die Rolle seiner Freundin so perfekt spielen kann. Ich habe einen Vorschlag: „Sie versuchen herauszufinden, wer Frank Stendal befreit hat und ich werde mich um die Erbberechtigten und deren Alibis kümmern!" Kommissar Reschnik sah seinen Kollegen fragend an. Dieser antwortete: „Ich muss mich sowieso um diese Flucht kümmern, denn es ist mein Aufgabenbereich, aber falls sie mir damit anbieten wollen diesen Fall zusammen zu

bearbeiten, so bin ich natürlich einverstanden!" „Gut, dann würde ich sagen, wir telefonieren heute Abend", sagte Reschnik und gab dem Kollegen seine Handynummer.

Zwei Tage nach diesem Ereignis:

„Ich habe leider nur den Alten erwischt, wir müssen also noch einmal tätig werden". „Aber jetzt haben wir keinen Sündenbock mehr, wir müssen uns also etwas anderes überlegen!" „Das habe ich! Meine Idee ist, dass die arme Frau Maier den Tod ihres Mannes leider nicht verwunden hat und sich umbringt!" „Ej Baby, so etwas Kaltblütiges wie dich habe ich bisher noch nicht kennengelernt!" „Dann hast du aber keine Ahnung von Frauen!", antwortete sie lachend! „Und was du auch noch nicht weißt: Es ist diesmal dein Job!" „Was?" Er sah sie mit Schweißtropfen auf der Stirn an. „Also, dass ich dir bei dem Ausbruch von Frank helfe, war ja abgemacht, aber dass ich jetzt auch noch morden soll, stand nicht auf unserem Plan". „Nun ja, den müssen wir jetzt auch ändern. Ich bin mir nämlich nicht ganz sicher, ob ich gesehen wurde. Seit meine Eltern mich damals zur Adoption freigaben und nur meine liebe Zwillingsschwester Vera (Möge sie in der Hölle schmoren!) behalten haben, war ich nie wieder in ihrem Haus. Die Bullen sind nicht dumm, obwohl es mich wundert, dass sie damals nicht weiter nachgeforscht haben, als ich die arme Vera mit meinem Auto etwas „retuschiert" habe". „Hm, wirst du denn das Erbe mit mir teilen, wie du es versprochen hast?" „Aber natürlich, du weißt doch, dass ich dich liebe!"

„So, so der liebe Doktor hat eine Freundin, und was für ein hübsches Ding", bemerkte der Pfleger Schuster! Dr. Krasnowintzki sah sich um: „Wie viel von unserem Gespräch hast du gehört?" „Nun, ich würde sagen: „Genug um ein paar Euro für mein Schweigen zu verlangen!"" „Die werden wir dir wohl geben müssen", seufzte Veronika und öffnete ihre Handtasche. Blitzschnell zog sie ein Messer heraus und rammte es dem Pfleger ins Herz! „Bist du verrückt? Wo sollen wir jetzt mit der Leiche hin? Du bringst uns noch …" „Halt endlich dein Maul und höre mit dem Gejammer auf. Der hätte uns wie eine Weihnachtsgans ausgenommen, ich kenne solche Typen. Wir haben den ganzen schönen Plan nicht gemacht, damit diese Ratte hier ein gutes Leben hat, sondern für (sie zögerte kurz) uns." „Aber das ist doch Wahnsinn, was du hier anrichtest Veronika! Wir hatten doch nur …!" „Nein, es ist nicht wahnsinnig, sondern notwendig! Ich will endlich das Leben führen, das mir die ganzen Jahre vorenthalten war!"

„Das werden Sie auch tun, aber dieses Leben ist ein anderes, als das was **Sie** sich vorstellen!", ertönte auf einmal eine Stimme. „Wer zum Teufel …?!" „Messer fallen lassen, das Spiel ist aus, Frau Veronika Jakobsen!"

„Wie sind Sie denn zu der Lösung gekommen, Kollege Reschnik?" „Nun ja, dass Frank Stendal nur als Sündenbock herhalten sollte, war mir, Entschuldigung, uns, sehr schnell klar. Frau Maier hatten wir überprüft und etwaige Feinde existierten nicht. Dann ist mir bei der Überprüfung des Unfalls der Tochter aufgefallen, dass der Fahrer, bzw. die Fahrerin des Unfallautos nicht auffindbar war. Da überlegte ich mir, wenn das nun kein Unfall war, sondern Mord?" „Aber wie haben sie erfahren, dass es noch diese Zwillingsschwester gab?" „Ich muss zugeben, dass ich durch einen Zufall darauf gekommen bin. Ein Gespräch mit einer Nachbarin ergab, das sie die Tochter gesehen haben will, aber zu einem Zeitpunkt, als diese schon lange tot war". „Nach einigen Nachforschungen fand ich dann heraus, dass es noch diese Zwillingsschwester gab, welche damals von ihren Eltern zur Adoption freigegeben wurde". „Und die Verbindung zu Dr. Krasnowintzki?" „Ach, ich glaube, dass sie den nur ausgesucht hat, damit sie an diesen Frank herankommt. Später hätte sie sich des lieben Arztes vielleicht entledigt, genauso wie bei dem Pfleger und ihrem Vater!" „Ja, ein ziemlich abgebrühtes Stück! Übrigens, haben Sie gehört, dass Frank Stendal entflohen ist?" „Was, wie konnte das denn passieren? Wir brauchen möglicherweise auch noch seine Aussage vor Gericht!" „Unsere Kollegen wollten ihn wieder zurück in die Klinik fahren und hatten einen Moment nicht aufgepasst! Na ja, man wird ihn schon wieder einfangen, die Fahndung ist draußen."

Am Grab der Vera Maier saß ein großer Mann und weinte. Da die Friedhofsbesucher schon anfingen zu ihm rüber zusehen, beherrschte er sich, bis er sich unbeobachtet fühlte. Als kein Mensch in der Nähe war, kniete er vor ihrem Grab und flüsterte: „Keine Angst, diesmal werde ich nicht versagen, heute Abend wirst du für immer aus diesem Verlies befreit werden!"

Fortsetzung folgt (vielleicht)

Futterneid

„**Ich** will die Leber haben!", schrie Jochen! „Nein, das kommt gar nicht infrage, diesmal ist es meine!", wies ihn sein Vater zurecht.

Seine Ehefrau sah missmutig in die Tischrunde. Immer wieder dieser Streit. Die sollten froh sein, das es überhaupt etwas zu essen gab!

Jochen gab nicht nach und sagte: „Wir haben letzte Woche schon ertragen, dass Mutter für dich wieder Gehirn braten musste, die ganze Küche stank danach!"

„**D**as stimmt allerdings", mischte sich jetzt Regina ein. „Selbst in meinem Zimmer konnte man das noch riechen und meine beiden besten Freundinnen kommen seitdem nicht mehr zu Besuch. In der Schule reden sie deswegen schon über uns. Melanie, die mich eh nicht ausstehen kann, weil ich ihr in der Vergangenheit mal den Freund ausgespannt hatte, tuschelte letztens, dass man das Amt zu uns schicken sollte, damit die mal überprüfen, was wir hier in der Küche zubereiten".

„Und deswegen will ich jetzt die Leber!", schrie Jochen. „Nein, nein, du kannst meinetwegen den Magen bekommen, aber die Leber ist für mich reserviert", sagte sein Vater, spießte das Objekt der Begierde auf seine Gabel und legte es dann auf seinen Teller.

„Das ist gemein! Ich hatte mich so auf die Leber gefreut!", klagte Jochen! „Bedenke mein Sohn, dass die Leber ein Organ ist, welches das Blut filtert. In jeder Leber sind also viele Schadstoffe enthalten", warf seine Mutter ein! „Ach deswegen sieht Papa so schlecht aus", kam es aus Jochens Mund!

„Unser Sohn ist erstaunlich zynisch für sein Alter", meinte Jochens Vater. „Fehlen da nicht die Bohnen und ein Glas Wein?", stichelte Regina. „Noch so ein blöder Spruch und du musst morgen mit mir Gehirn essen", knurrte ihr Erzeuger. „Ach, du bluffst ja nur, von deinem Lieblingsessen würdest du bestimmt nichts abgeben". „Nicht von meiner Portion, aber Mutter kann ja mal ein Kilo mehr als üblich braten, und das müsst ihr dann verzehren!" „Das fehlt mir noch", knurrte Jochen, der mürrisch das Magenstück kaute.

„Das werde ich nicht tun, Helmut! Es ist nämlich schwer genug, das halbe Kilo für dich zu erwerben", antwortete seine Frau. „Ja, eigentlich wird dieser Dreck mehr in anderen, unzivilisierten Gegenden gefressen", sagte Regina.

„Ich weiß, hier ist ein Vorschlag zu Güte: Du könntest ja morgen mal aus dem Supermarkt zwei Packungen Hühnerleber kaufen, das langt dann auch für die ganze Familie". „Das ist endlich mal eine gute Idee, mal was anders als dieses Suppenhuhn", freute sich Jochen!

„Oder stinkendes Schweinehirn", konnte Regina sich nicht verkneifen zu bemerken.

Das schwarze Monstrum aus der Tiefe

Seit zwei Tagen beobachtete er es jetzt schon. Es kam nicht oft an die Oberfläche, und wenn dann nur ganz kurz. Mit seinem pechschwarzen Fell und seinen komischen Pfoten, die sich hervorragend zum Graben eigneten, sah es schon sehr furchterregend aus. Auch der Kopf mit der spitzen Nase, welche es vorsichtig in die Höhe hob, um zu erschnüffeln, ob keine Gefahr drohte, war ein ungewöhnlicher Anblick.

Er musste es unbedingt erwischen, das schwarze Biest aus der Tiefe. Zwar würde es nicht einfach werden, aber er besaß viel Geduld, und die brauchte er auch. Heute beobachtete er schon fast drei Stunden die Umgebung und hoffte, dass es endlich an die Oberfläche kommen würde. Merkwürdig, dass es keinem **Menschen** aufgefallen war. Oder vielleicht doch, aber die hatten vermutlich andere Probleme und konnten sich nicht damit beschäftigen. Aber das brauchten sie ja auch nicht, denn dafür war er ja da! Er fragte sich, was das Biest da unter der Erde die ganze Zeit tat, die Dunkelheit da unten wäre nichts für ihn. Da, war dort nicht eine Bewegung? Seine Augen vergrößerten sich, aber es war nur ein Blatt, welches vom Wind erfasst worden war. So langsam überkam ihn ein Hungergefühl, was ihn veranlasste seine Beobachtung abzubrechen und ins Haus zu gehen. Die Mahlzeit wurde von ihm schnell hinunter geschlungen. Danach schlich er sofort wieder nach Draußen und legte sich erneut auf die Lauer. Seine Muskeln waren angespannt, sein konzentrierter Blick richtete sich auf die Stellen, dort wo das Monster vor Kurzem aus der Erde gekommen war. Aufgewühlte Erdhaufen waren Zeugnis davon, dass es sich hier aufhielt. Manchmal benutze es einen alten Gang, manchmal grub es aber auch einen neuen. In diesem Fall konnte man seine Ankunft erkennen, weil ein kleiner Erdhügel aufgeworfen wurde. Da, jetzt schien es sich zu nähern! Ein neuer Erdhaufen wurde aufgeworfen, das bedeutet, dass es am Graben war, aber würde es auch herauskommen? Seine Pupillen weiteten sich und die Muskeln waren angespannt, bereit zum Sprung um es zu packen. Wie stolz würden sie wohl auf ihn sein, wenn er es heute bei ihnen abliefern würde? Vielleicht gab es wieder einige Extras, mal sehen.

Aber daran wollte er jetzt noch nicht denken, er musste sich auf die Ankunft des schwarzen Monstrums vorbereiten. Das Tier hatte aufgehört zu wühlen, würde es nun herauskommen? Ja, da war eine Bewegung! In geduckter Haltung schlich er sich einige Schritte näher heran. Jetzt kam der Kopf heraus, mit seiner komischen Nase schnüffelte es, ob Gefahr drohte! Und sie drohte! Mit einem blitzschnellen Satz war er bei dem Tier angelangt und packte es mit seinem Zähnen am Nacken. Töten wollte er es noch nicht, erst mal sollten seine menschlichen Freunden die Beute „begutachten". Mit dem Maulwurf in seinem Maul lief er zur Haustür.

Aus dem Haus ertönte eine Stimme: Oh nein, der Kater hat einen Maulwurf gefangen! Nimm ihn den bitte weg, Michael! Warum? Sei doch froh, die Viecher pflügen den ganzen Rasen um! Aber sie stehen unter Naturschutz, wenn das einer mitbekommen hat, kriegen wir Ärger, du weißt doch wie einige Nachbarn hier in der Umgebung sind und außerdem sehen sie so hübsch aus und haben auch ein Recht zu Leben!

Michael stöhnte, ging dann aber doch zu Kater Niklas, streichelte ihn, nahm den Maulwurf aus seinem Maul und setzte diesen wieder auf den Rasen. Vorher gab er dem Kater aber noch ein Leckerli, damit dieser abgelenkt war.

Niklas hatte aus den Augenwinkel genau gesehen, dass das Monstrum wieder auf freiem Fuß war. Ah, der Mensch will mich testen, ob es mir nochmal gelingt ihn zu fangen dachte er und freute sich schon darauf den Maulwurf erneut zu erbeuten!

Der Aufbruch

Bella, die Jagdhündin kannte schon die Stelle, an der ihr Herrchen immer anhielt. Auch heute machte er wieder dort halt und schaute zusammen mit ihr auf die weiten Felder. In den letzten Tagen hatte er einige Male einen Greifvogel gesehen, wahrscheinlich einen Bussard, seine ornithologischen Kenntnisse reichten nicht aus, um sicher zu sein. Er hielt sein Fernglas an seine Augen und blickte durch die Gläser auf die Kuhwiesen und Felder. Ja, der Vogel war wieder da, saß bewegungslos auf einer Kuhkoppel. Wahrscheinlich erholte er sich von einer Jagd oder von einem längeren Flug. Jetzt schien ihn etwas aufgeschreckt zu haben, vielleicht hatte er auch den Hund bemerkt. Mit einer wunderschön anzusehenden Leichtigkeit stieg der Vogel in den Himmel empor und flog davon.

Arne starrte dem lebenden „Flugobjekt" noch einige Sekunden fasziniert nach, dann blieb er wie angewurzelt stehen und dachte sich: „Was für ein schönes Leben der hat. Er ist frei, kann hinfliegen, wo er will und seine einzigen Aufgaben sind die Nahrungssuche und die Zeugung und Aufzucht von Nachkommen". Wehmut kam in ihm auf. „Ja, so ein Vogel müsste man sein, dann hätte man nicht diese ganzen täglichen Zwänge und Verpflichtungen wie arbeiten, Kindererziehung (und manchmal auch Ehefrauerziehung), Gassi gehen, Hausaufgabenhilfe, die ganzen Einkäufe, Handwerksarbeiten, die Ratenzahlungen für das Haus, ganz zu schweigen von den gesellschaftlichen Verpflichtungen, wie

Geburtstage, Betriebsfeier und ähnlichem". Und der Leistungsdruck, die miesen Intrigen und das Mobbing in der Firma widerten ihn auch schon seit einiger Zeit an. Er dachte darüber nach und kam zu dem Schluss, dass diese Zwänge aber im Grunde genommen doch ganz freiwillig waren, denn wenn man wollte, könnte man doch ...! Ja eigentlich, das spürte er tief in seinem Inneren, hatte er schon lange genug von dem Leben, dass er führte, und nicht nur das, es war ihm allmählich verhasst. Jeden Tag diese gleichen Abläufe, kaum einmal Abwechslung und …! Er musste seine Überlegungen abbrechen, da Bella an der Leine zog. Leicht seufzend machte er sich mit dem Hund auf dem Weg nach Hause. Morgen war wieder Montag, eine neue arbeitsreiche Woche stand bevor, er musste im Büro ... Musste!! Da waren sie schon wieder, diese Zwänge! Aber musste er wirklich? Was hielt ihn eigentlich davon ab, auf dieses Leben, dass er bisher geführt hatte, zu „scheißen"? Scheißen! Da kam ihm eine Idee. Ja genau, das würde er tun und dann wäre er frei oder wenigstens frei fühlen! Da er auf dem Weg zu ihrem Haus eh an einer Bank vorbei kam, ging er zum Geldautomaten und räumte das Konto leer! In der Nacht konnte er schlecht schlafen und wälzte sich im Bett hin und her, da er innerlich mit sich selber doch ein wenig im Zwiespalt war. Schließlich entschied er sich seinen Plan auszuführen und schlief dann noch für zwei Stunden ein.

Seine Frau weckte ihn, kurz bevor sie mit den beiden Kindern zur Schule und danach zu ihrer Arbeit fuhr. Da sie außerhalb arbeitete, musste sie früher los als ihr Mann und benutzte deswegen das Auto. Er verabschiedete sie mit einem Kuss, welcher ein Judaskuss war, aber davon ahnte sie natürlich nichts. Nachdem die notwendigsten Dinge, wie zum Beispiel ihr Haushaltsgeld für diesen Monat, welches sie im Nachttisch aufbewahrte, ein Sparbuch und sonstige kleinere Wertgegenstände, die sich leicht veräußern ließen und natürlich einige Kleidungsstücke von ihm in seinem Rucksack zusammengepackt worden waren, fiel sein Blick auf den Hund. Ja, was war mit Bella? Sollte sie ihn begleiten? Dann aber dachte er daran, wie sehr die Kinder den Hund liebten und streichelte den schönen Tier lange über den gescheckten Rücken und dem Kopf. Ein Leckerli zum Abschied und zwei unterdrückte Tränen, danach ging es Richtung Büro.

Ein Blick auf die Uhr verriet ihm, dass er wahrscheinlich als erster in der Firma wäre, zu mindestens hoffte er es. Und glücklicherweise war wirklich noch keiner seiner Arbeitskollegen dort. Die Frage, welche sich ihm stellte war: Wohin? Da war diese eingebildete Freda, die ihn immer mit einem geringschätzenden Blick ansah, oder dieser geile alte Bock Herbert, welcher auf den Betriebsfeiern der Firma die Angewohnheit hatte in die Ausschnitte der Ehefrauen seiner Arbeitskollegen zu starren! Nein, nein, nein!! Der einzige richtige Platz war im Büro des Chefs. Arne öffnete die Tür, stieg auf dem Bürostuhl und zog sich seine Hose runter. Endlich konnte er den ganzen Druck, welcher auf ihn lastete, ablassen! Eine kurze laute Blähung und dann kam es hinaus. Es war ein großer, schöner Haufen dampfender Scheiße, fast genauso "schön" wie sein bis eben geführtes Leben, welches aber jetzt (*zu mindestens in dieser Form*) zu Ende war.

Er wischte sich mit einigen Unterlagen, welche er aus irgendwelchen Aktenordnern herausriss, seinen Hintern sauber und verließ, nachdem er sich seine Hose hochgezogen hatte, das Büro. Die mit Kot beschmierten Blätter hatte er überall im Chefbüro verteilt.

Mit einem Grinsen im Gesicht betrat Arne den Bus, der zur Stadtgrenze fuhr. Der Busfahrer sah ihn deswegen etwas komisch an, sagte aber nichts. An der Endstation stieg er aus und stellte sich mit erhobenen Daumen an die Autobahnausfahrt.

Die letzte Runde

Diese Winternacht war unangenehm kalt und nebelig. Nach der nervenaufreibenden Partie, welche über die volle Länge von fünf Stunden gegangen war, hatte er drei Bier getrunken, um seine Psyche etwas zu beruhigen. Jetzt war es schon nach Mitternacht und auf dem Weg zu seinem Hotelzimmer weilten die Gedanken des Mannes bei der morgigen Runde.

Die Konstellation war äußerst günstig für ihn, denn sein Name stand in der Tabelle auf Platz eins. Dahinter folgten einige Spieler, die einen ganzen Punkt Rückstand auf ihn hatten. Mit einem Remis in der letzten Runde wäre er demzufolge also Turniersieger.

Das Problem war, das sein Kontrahent unbedingt einen Sieg benötigte, um in die Preisgelder zu kommen. Er musste sich also wieder auf einen „harten" Kampf einstellen. Bei der Bezeichnung „harter Kampf" kamen Erinnerungen an ein Gespräch mit einem Bekannten hoch. Dieser hatte sich über den Begriff sehr amüsiert. „Was ist denn an dem Figurengeschiebe so anstrengend?", hatte er ihn im leicht abfälligen Tonfall gefragt. Was wusste der schon von der mentalen Erschöpfung nach zwei fünfstündigen Partien, in denen man jede Menge Rechenarbeit investieren musste und es etliche schwierige Entscheidungen zu fällen gab? Das war wieder einer von den unzähligen Menschen, die über Dinge redeten, von denen sie nichts verstanden!

Im Hotelzimmer angekommen, überlegte der Mann kurz, ob er sein Laptop anschalten sollte. Einerseits war es ganz nützlich sich einige Partien seines morgigen Gegners anzusehen, auf der anderen Seite brauchte er Schlaf, denn die letzte Runde fing schon um neun Uhr an und jetzt war es halb eins. Er beschloss, sich lieber schlafen zu legen, um morgen einigermaßen fit zu sein. Doch als er dann im Bett lag, ging ihn immer wieder die letzte Partie durch den Kopf. Ja, er war mit seinem Spiel wirklich sehr zufrieden, und das kam bei ihm äußerst selten vor, denn seine Einstellung war perfektionistisch, obwohl ihm natürlich bewusst war, dass dieses zu erreichen nahezu unmöglich ist. Immer wieder spielte der Mann im Geiste die schöne Kombination durch, welche zu einem für ihn gewonnenen Endspiel geführt hatte. Als es ihm endlich gelungen war, diese zu verdrängen, schweiften seine Gedanken zu den morgigen Gegner ab. Jener war ein sehr erfahrener Spieler, aber genau einschätzen konnte er ihn nicht, da sie noch nie in einem Turnier aufeinandergetroffen waren. Endlich, es war nun schon fast vier Uhr, übermannte ihn der Schlaf.

Im Traum spielte er die Partie der letzten Runde. Gerade als für ihn die schwierige Entscheidung anstand eine Qualität zu opfern oder in ein scheinbar ausgeglichenes Endspiel abzuwickeln, wurde er durch seinen Radiowecker aus dem Schlaf gerissen. Völlig verschlafen und mit leicht verklebten Augen fiel ihm das Aufstehen schwer, aber nach einer Dusche wurde er wieder etwas fitter und seine Gedanken wanderten zu der bevorstehenden Partie.

Beim Frühstücksbuffet sah der Mann seinen Kontrahenten mit einigen Spielern reden, gegen die er in der Vergangenheit angetreten war. Nachdem sie ihn erblickt hatten, beendeten sie abrupt das Gespräch und sein Gegner verließ mit einem merkwürdigen Lächeln im Gesicht den Raum.

Während des Frühstücks kreisten in seinem Kopf Gedanken, die sich alle darum drehten, welche Tipps sein Gegner wohl bekommen hatte. Sollte er einer möglichen Überraschung aus dem „Weg" gehen und eine andere Eröffnung wählen oder seine altbewährten Varianten spielen? Da fiel ihm ein, das sein Gegner ja immer 1.d4 zog und dagegen hatte er vier bis fünf verschiedene Eröffnungen in seinem Repertoire, eine Vorbereitung wäre für seinen Rivalen also äußerst schwierig. Aber vielleicht eröffnete sein Kontrahent die Partie ja diesmal mit 1. e4, denn darauf spielte er **immer** die Sweschnikowvariante der sizilianischen Verteidigung. Diese Eröffnung hatte ihm in der Vergangenheit oft gute Dienste geleistet.

Ach es bringt nichts, sich unnötig verrückt zu machen, dachte er und beschloss einfach Schach und auf Gewinn zu spielen.

Ein Blick auf seine Armbanduhr verriet, dass ihm nur noch fünfzehn Minuten bis zum Beginn der Partie blieben. Er trank den Rest Kaffee und begab sich dann in den Turniersaal. Die ersten fünf Tische waren separat abgegrenzt und die Zuschauer wurden durch eine Absperrung wenigstens etwas auf Distanz zu den Spielern gehalten. Dies war bei diesem Turnier sehr positiv anzumerken, das hatte er schon ganz anderes erlebt. Oftmals waren die Tische so sehr von Zuschauern umringt, dass die Spieler sich kaum bewegen konnten. Sein Gegner saß schon am Tisch und wartete auf ihn. Nach einer kurzen Begrüßung und dem üblichen Handshake drückte er die Uhr und sein Kontrahent zog: 1. e4!

Er starrte ungläubig auf das Brett. Ihm war bekannt, dass sein Gegner in den letzten fünfzehn Jahren fast ausschließlich 1. d4 gespielt und höchstens mal zu 1. Sf3 gegriffen hatte. Sein Rivale blickte ihn kurz an und stand dann mit einem süffisanten Lächeln im Gesicht auf, um ihn alleine zu lassen! Was um alles in der Welt hatten sie ihn geraten? Da fiel ihn ein, dass einer der Spieler mit dem sein Gegner gesprochen hatte, vor kurzen eine aussichtsreiche Stellung gegen ihn zum Remis verdorben hatte. Wahrscheinlich hatte jener in der Variante eine entscheidende Verbesserung für Weiß gefunden. Ja, das konnte sein, aber er hatte die Partie auch analysiert und im Partieverlauf schon einige Züge bevor seine Stellung schlecht wurde eine, seines Erachtens **entscheidende,** Verbesserung für Schwarz gefunden. Ach, man soll Vertrauen in seine Eröffnungen haben, sagte er sich, und zog 1- c5!

Mittlerweile hatte sich um die Absperrung des Tisches schon eine kleine Menschentraube gebildet. Bei einigen Zuschauern herrschte Verwunderung darüber, dass er so lange mit der Antwort gezögert hatte, denn normalerweise blitzten die Großmeister ihre Eröffnung herunter und die eigentliche Partie begann erst nach 15 Zügen oder später.

Sein Rivale kam mit einer Tasse Kaffee in der rechten Hand zurück, stellte diese ab, und als er den Zug registriert hatte, huschte ein Lächeln über sein Gesicht. Dann zog er schnell 2. Sf3. Die nächsten 11 Züge wurden von den beiden schnell heruntergezogen, aber nachdem er seinen 13. Zug ausgeführt hatte, war es sein Gegner, der einen verwunderten Gesichtsausdruck bekam und ins Grübeln verfiel. Ein kurzer Blick in das Gesicht seines Kontrahenten und danach bahnte er sich einen Weg durch die Zuschauer, um sich ebenfalls einen Kaffee zu kaufen.

Auch nach seiner Rückkehr an dem Tisch hatte sein Gegenüber immer noch nicht gezogen. Dessen Gesichtsausdruck wirkte jetzt besorgt und er führte leise Selbstgespräche. Endlich, nach langem Nachdenken, war es ihm gelungen, die beste Erwiderung zu finden. Hm, das musste man den alten Fuchs lassen, kein e4-Spieler, dazu noch die Vorbereitung dahin, aber trotzdem den besten Zug gefunden. Während er sich nun versuchte an seine alten Analysen zu erinnern, stand sein Kontrahent auf, wobei ein leises Murmeln aus seinem Munde zu hören war. Nach einigen Minuten kam er wieder und in der Folge „entbrannte" auf dem Brett ein spannender Kampf.

Sein Gegner hatte nach einigen forcierten Zügen eine Fortsetzung gewählt, der er in seiner damaligen Partieanalyse nicht genügend Beachtung geschenkt hatte und jetzt war die Partie an einem Wendepunkt gekommen. Es gab für ihn zwei Möglichkeiten: Eine Abwicklung in ein scheinbar ausgeglichenes Endspiel, das aber nicht einfach zu Händeln war, oder ein Qualitätsopfer, welches ihm Angriff und Initiative brachte. Irgendwie kam ihm diese Situation bekannt vor, wie ein Déjà-vu. Ja, jetzt fiel es ihm wieder ein: Von genauso einer Situation hatte er doch letzte Nacht geträumt.

Die Entscheidung, welche es zu fällen galt, war sehr schwierig und die Zeit auf seiner Uhr verrann, währenddessen die Menschenmenge rund um den Tisch immer größer wurde. Schließlich entschied er sich für das Qualitätsopfer, wonach ein leises Raunen aus den Mündern einiger Zuschauer zu hören war! Sein Kontrahent riss die Augen weit auf und musste respektvoll nicken. Die nächsten Züge wurden von beiden Spielern schnell ausgeführt. Dann überlegte sein Gegner 25 Minuten und führte seufzend seinen Zug aus.

Aber was war das? Das war doch eindeutig ein grober Fehler! So wie es aussah, konnte er jetzt ein Mattangriff einleiten, und sein Gegner musste einen Turm geben, um diesen abzuwehren, anschließend würde er auch noch einen Bauern verlieren und die Königsstellung wäre weiterhin bedenklich! Warum hatte der alte Recke also diesen schlechten Zug ausgeführt? Dachte der Kontrahent vielleicht, er würde jetzt das mögliche Dauerschach geben? Aber das würde ihm ja auch nicht nützen, denn sein Gegner musste ja gewinnen!

Misstrauen überkam ihm und so rechnete er den vermeintlichen Mattangriff noch einmal gründlich durch. Ah, jetzt wurde ihm alles klar! Der alte Fuchs hatte ein Zwischenschach, wonach sein ganzer Angriff abebbte und die Initiative an seinen Gegner ging. Nicht nur das, beim zweiten Durchrechnen erkannte er, dass der Alte sogar deutlich besser stehen würde.

Mit einem Grinsen im Gesicht wählte er also die Dauerschachfortsetzung und bot remis an! Sein Kontrahent zuckte kurz mit den Schultern und sagte: „Was soll ich machen, hatte gehofft, dass du auf Matt spielst, dann hätte ich ...!" „Ich weiß!", entgegnete sein Gegenüber.

Unter den Zuschauern war ein Getuschel zu hören und kurz nachdem die beiden ihr Partieformular unterschrieben hatten, kam einer der Kiebitze auf ihn zu und fragte: „Entschuldigen sie, aber hatten sie nicht eine Gewinnstellung? Anstatt des Dauerschachs konnten sie doch ...","Dann hätte ich verloren", antwortete er, stand auf und lies den ungläubig blickenden Besserwisser einfach stehen!

Das Kreisbordell

Er hielt es für die Geschäftsidee des Jahrhunderts, oder zumindest des Jahrzehnts. Eigentlich verwunderlich, dass noch niemand vor ihm diesen genialen Einfall hatte. Konkurrenz gab es hier in unmittelbarer Nähe auch kaum, sodass diese Kleinstadt absolut dafür geeignet schien! In zwei Stunden eröffnete endlich sein Etablissement. Er war sich zu hundert Prozent sicher, dass er seine, nicht unerheblichen, Kosten, innerhalb weniger Wochen durch die Umsätze wieder ausglich, obwohl er seinen Angestellten natürlich auch einiges an Gehalt bezahlen musste! Man konnte zwar schlecht kalkulieren, da er die Damen nach Leistung bezahlte, aber wenn ein Kunde einen der beiden Räume, in denen sich die Nieten befanden, „zugelost" bekam, kostete ihn das so gut wie gar nichts. Da er ein voraussehender Mensch war, hatte er auch für den Fall vorgesorgt, dass es durch einen unzufriedenen Kunden Ärger gab und einige ehemalige Türsteher engagiert, die im Notfall für Ordnung sorgen sollten. Er stand jetzt, so gut eine Stunde vor der Eröffnung, auf der kreisförmigen Plattform und sah sich die Verwirklichung seiner Geschäftsidee noch einmal genau an. Alle Kunden mussten Eintritt entrichten, welcher einheitlich 50 Euro betrug. Nachdem sie bezahlt hatten, kamen sie durch einen langen Korridor auf die runde Plattform (natürlich immer nur einer zurzeit). Dann wurde der pfeilförmige Lichtstrahl in Bewegung gesetzt, welcher, von einem Zufallsgenerator gesteuert, anhielt und auf eine der 13 Türen leuchtete. Was sich dort hinter befand, wusste keiner der Kunden, der „Inhalt" wechselte auch jeden Tag, das gehörte zum Spiel und machte den Reiz aus. Den Kunden konnte eine Gummipuppe erwarten, von denen er zwei Exemplare gekauft hatte (dieses waren zwei der Nieten) eine alte Frau in den Sechzigern (von denen es drei gab, die älteste von ihnen war 68), oder die Hauptattraktion: Eine 19-Jährige, mit Topmaßen, die erst seit knapp einem halben Jahr im Geschäft war. (Man munkelte allerdings, dass sie vorher schon einige Jahre an der Landstraße, dort wo ..., aber das waren nur Gerüchte!) Der Rest waren Prostituierte zwischen Anfang 20 und 30! Ach, und natürlich das Zimmer, in den es nur einen Fernseher und zwei Porno-DVDs gab, mit einigen Packungen Taschentüchern! Das war die größte Niete! Von den DVDs durfte der Kunde sich eine anschauen und die andere mitnehmen. Ja, er war wirklich sehr gespannt, wie das Geschäft anlaufen würde!

Auch jemand anderes wartete sehr gespannt, vor allem auf die Aufnahmen. In jedem Raum war eine Minikamera installiert, so versteckt, dass sie für den Kunden nicht sichtbar war. Ja, die Aufnahmen könnten Gold wert sein! Und sollten Sie nicht zahlen, na dann ging das Ganze halt in die Medien. So mancher Fernsehsender würde bestimmt einige Euros hinblättern, wenn da ein Film mit einem Prominenten auftauchen würde!

Nur noch wenige Minuten bis zur Eröffnung verblieben, am Eingangsbereich waren Sektgläser für die ersten Kunden bereitgestellt, der Kassierer bereitete sich auf seine Arbeit vor und Alles wartete gespannt auf den Ansturm. Der Geschäftsführer hatte einige Anfragen von Personen, die gewisse Stellungen in der Gesellschaft innehaben, sei es aus der Politik,

Wirtschaft oder sonstige bekannte Gesichter, die man aus Funk und Fernsehen kannte, bekommen. Diese fragten ihn, ob es nicht möglich sei, unerkannt durch einen Seiteneingang das Etablissement zu betreten, worauf er ihnen versprach, den Wunsch zu erfüllen, sie sollten sich aber vorsichtshalber eine Maske aufsetzen oder ihr Gesicht auf eine andere Art verhüllen, für den Fall, dass doch ein Journalist oder, noch schlimmer ein Paparazzi auftauchen sollte.

Der erste Kunde des Kreisbordell trug dann auch eine Karnevalsmaske venezianischer Art. Nachdem der Mann das Eintrittsgeld bezahlt hatte, stieg er auf das kreisförmige Plateau. Der Zufallsgenerator wurde eingeschaltet und blieb auf der 13 stehen. Ausgerechnet die 13, dachte er, das kann bei meinem Pech nichts Gutes bedeuten! Er betrat das vermeintliche Unglückszimmer und sah sich um. Plötzlich verdeckten zwei Handflächen seine Augen, und jemand schrie ihm „Kuckuck!" ins Ohr! „Was soll das, ich hätte fast einen Herzinfarkt bekommen!", schrie er! „Ich weiß Herr Bürgermeister", flüsterte ihm eine Stimme ins Ohr. „Woher weißt du, dass ich der Bürgermeister bin?!!", brüllte der Politiker, riss die Hände von seinen Augen und drehte sich um. „Oh, nein, das gibt es doch nicht!" „Ja, da staunst du, was?" „Ich hatte großes Glück, dass ich den hier Job bekam, denn seit unserer Scheidung vor 15 Jahren ging mir immer schlechter , und das lag vor allem daran, dass du nie Unterhalt zahltest", sprach sie und trat in mit Schwung in seine Weichteile! „So, und jetzt wirst du diese Gummiente da ficken". „Aua, stöhnte er, du hast wohl den Verstand verloren?" „Nein, aber wenn du nicht diese Gummiente fickst, dann wirst du nie wieder etwas ficken", sagte sie und hielt auf einmal eine kleine Pistole in ihrer rechten Hand. „Das wirst du nicht wagen, denn dein Boss weiß doch dass du hier warst". „Nein, ich bin eigentlich im Zimmer 12, aber es gibt praktischerweise eine Verbindungstür, die hat der Chef vergessen abzuschließen, aber ich werde es nachher wieder tun", sagte sie und zeigte ihm einen Schlüssel. „Also wirst du jetzt deinen kleinen Stängel in dieses süße, niedliche Gummitier schieben oder nicht?" Schweißtropfen liefen von seiner Stirn. „Ach, besser als nie mehr" , dachte er, öffnete seine Hose und suchte das Loch in der Ente.

„Ha, da habe ich ja gleich einen Volltreffer", dachte sich der Voyeur. „Aber warum zwang sie ihn zu der Gummientennummer ? Na, das kann mir egal sein. Das Gesicht des Mannes kommt mir irgendwie bekannt vor. Nein!!! Ich werde verrückt, das ist doch der liebe Bürgermeister. Na, da wird der Fernsehsender bestimmt ordentlich was „rausrücken", wenn sie diese Aufnahme sehen!" Er wartete gar nicht mehr ab, was in den anderen Räumen passierte, sondern packte die Aufnahme ein und verließ das Haus.

Einige Tage später war der Bürgermeister in voller Größe im Fernsehen zu sehen! Die Ex-Frau des Bürgermeisters bekam einen Schreck, als sie sich im Fernsehen sah. Sie war gerade dabei ihren Chef anzurufen, als es an der Tür klingelte: Es war die Polizei. „Frau Schuster, wir haben einen Haftbefehl, bitte begleiten Sie uns auf das Revier", sagte der Beamte. Hildegard Schuster wurde bleich im Gesicht. „Ich sage nichts ohne Anwesenheit meines Anwaltes", stammelte sie.

Auch der Betreiber des Kreisbordells bekam Besuch von einigen Uniformierten, gleichzeitig wurde das Etablissement geschlossen und durchsucht! Eine Beobachtungskamera fand man aber in keinem der dreizehn Zimmer, denn die waren rechtzeitig entfernt worden!

Der ehemalige Bürgermeister besuchte seine Ex-Frau im Gefängnis. „Ich bin zwar nicht mehr Bürgermeister, habe aber immer noch genug Einfluss, um zu erreichen, dass alles eingestellt wird". „So, so und warum willst du mir helfen? Hast wohl Angst, dass ich vor Gericht so einige Dinge ausplaudere?", fragte Hildegard. „Das auch, aber ich möchte wissen, ob du etwas über denjenigen weißt, der diese, ähem, Filmaufnahme von mir gedreht hat". „Und selbst wenn ich wüsste, wer es gewesen ist, würde ich ihn nicht verraten", sagte Hildegard und spuckte ihren Exgatten ins Gesicht! Wutentbrannt wandte sich der ehemalige Politiker ab und verließ das Gefängnis.

Das, was dann in den nächsten Monaten folgte, war eine in dieser eher provinziellen Gegend noch nie da gewesene Schlammschlacht. Neben der Exfrau des Bürgermeisters wurde auch der Betreiber angeklagt und alle hatten so einiges zu erzählen, besonders natürlich die Ex des Exbürgermeisters, die vor der Presse und dem Fernsehen auspackte. Es kamen nicht nur die säumigen Unterhaltszahlungen als eine nette Geschichte ans Tageslicht, nein sie ließ sich auch ausgiebig über das Liebesleben ihres damaligen Ehemannes aus.

Nur einer war nicht belangt worden, nämlich der Filmproduzent. Dieser ließ es sich auf einer Insel mit einem Longdrink in der Hand gut gehen. Der Film war natürlich von ihm kopiert worden, und Interessenten hatte er genug. Da er einen Job als Raumpfleger in der Firma, welche mit der Reinigung der Bordellzimmer beauftragt war, gehabt hatte, war es für ihn ein leichtes gewesen, die Kameras wieder zu entfernen und im Fernsehen und der Presse wurde immer noch herumgerätselt, wie die Aufnahmen denn entstanden waren.
Sollten sie ihn doch suchen, er glaubte nicht, dass sie ihn finden würden, denn er hatte natürlich nicht seinen richtigen Namen benutzt und auch sein Aussehen war jetzt verändert. Er dachte noch einmal zufrieden lächelnd an die Geschichte zurück, als er plötzlich von einem kleinen Mädchen auf spanisch (die „Inselsprache") gefragt wurde, ob er ihre Gummiente aufblasen könnte. Er sah sich die Ente an, welche starke Ähnlichkeit mit derjenigen besaß, die der Bürgermeister damals benutzte und bekam einen Lachanfall!

A bloody Place
oder
Das Leben ist ungerecht!

Man hatte ihn vor drei Tagen hineingesteckt und er musste zugeben: Er fühlte sich „sauwohl"! Okay es war etwas eng und man musste sich an diesen dunklen, feuchten Platz erst gewöhnen, aber mittlerweile fand er es echt geil hier. Seine Kollegen hatten ihm erzählt, dass er wahrscheinlich spätestens nach einem Tag wieder hinausgeworfen würde, aber jetzt hatte schon der vierte Tag begonnen und es gab keine Anzeichen dafür, dass eine Auswechslung stattfinden sollte.

Ja, es war wirklich ein Glücksfall für ihn, denn hier schien Hygiene nicht so wichtig zu sein und er hatte sich fast bis zum äußersten vollgesogen! Auch der für Menschen etwas gewöhnungsbedürftige Geruch störte ihn überhaupt nicht, weil **er** ihn eh nicht wahrnahm! Aaah, jetzt kam schon wieder etwas, dabei konnte er kaum noch Flüssigkeit aufnehmen. Es „lief" schon aus ihm heraus. Da ertönte auf einmal ein lautes Geschrei: „Du bist eine stinkende, widerliche Schlampe! Wie lange hast du den jetzt schon drin? Die ganze Suppe tropft ja schon hinaus!"

Dann spürte er, wie jemand ihn ruckartig hinauszog, wobei das Blut auf den Boden tropfte, und in den Mülleimer geworfen wurde. Dort befand er sich in allerbester Gesellschaft von einigen Kollegen! „Na, wie lange warst du denn drin?", fragte ihn einer! „Fast vier Tage", antwortete er ganz stolz. „Ach, das ist ja gar nichts, meinte der andere abfällig. Ich durfte eine ganze Woche dort bleiben!"

Daraufhin verfiel der „viertägige Tampon" in eine tiefe Depression, weil er sich als ungeliebt und nicht mehr gebraucht fühlte!

Das benutzte Kondom aber, welches sich auch im Mülleimer befand, dachte: „Haben die beiden das gut gehabt, ich durfte da noch nicht mal zehn Minuten rein, und danach wurde ich, vollgepumpt mit dieser klebrigen Flüssigkeit hier hineingeworfen! Das Leben ist einfach ungerecht!"

Weihnachtsmann-Spezial!

Heute standen schon wieder drei Termine auf dem Plan. Es war schier unglaublich, was für eine Beliebtheit seine Dienstleistung erlangt hatte! In der Vergangenheit hatte er mal eine Saison als „richtiger" Weihnachtsmann gearbeitet, **damals** gab es nicht so viele Buchungen, was wahrscheinlich daran lag, dass den Weihnachtsmannjob schon viele andere praktizierten.

Aber auf diese Idee, als sehr spezieller Weihnachtsmann, war bestimmt noch niemand gekommen und meistens machte ihn der Job sogar richtig Spaß. Gestern hatte er eine (schätzungsweise) dreißigjährige Kundin. Er wunderte sich, dass so eine gut aussehende Frau es überhaupt nötig hatte, jemanden zu engagieren, aber was sollte er sich darüber Gedanken machen. Sie hatte ein Engelskostüm angehabt mit einem sehr kurzen Rock. Das Ganze war wie eine Art Spiel er musste zunächst einen Text aufsagen, den er von ihr bekommen hatte, woraus sich folgender Dialog entspann:

Weihnachtsmann: „Na, mein Engel, warst du denn auch schön artig?"
Engel: „Nein, Weihnachtsmann!"
Weihnachtsmann: „Was hat der Engel denn so angestellt?"
Sie erzählte ihm von sexuellen Ausschweifungen, von denen, so vermutete er, einige bestimmt nur Wunschfantasien zu sein schienen. (Obwohl, sicher war er sich nicht, wenn er daran dachte, wie dieses Spiel weitergegangen war.)

Er sagte danach nämlich zu ihr (*auch das war vorher festgelegt worden, für die ganze Aktion hatte er 30 Euro mehr als üblich verlangt*): „**N**a, dann muss der Weihnachtsmann wohl die Rute rausholen", wonach er ihr den kurzen Engelsrock hochschob, ihren Tanga herunterriss und danach seine 20 cm große „Rute" einsetzte! „Jaaa, Aaaaaaah, Weihnachtsmann, bestrafe mich, jaaa, aaaaaaaaah, Weihnachtsmann nächstes Jahr sündige ich noch mehr", stöhnte sie!

Das war eine der besten Kundinnen gewesen, die er bisher gehabt hatte! Ihre Wünsche waren vielleicht etwas ungewöhnlich, aber nichts im Vergleich zu der Frau im Rentierkostüm, an dem sich hinten am Po ein Reißverschluss befand! Sie hockte sich hin und sagte ein Gedicht auf: Lieber guter Weihnachtsmann, schau mich nicht so böse an, ramme mir deine Rute ein, will auch immer …(Der Rest ging in ihren Gestöhne unter, da er sein 20cm langes Weihnachtsmannwerkzeug einsetzte!)

Er kam den Wünschen seiner Klientel meistens nach, erschienen sie auch noch so absurd, die einzige Bedingung von ihm war nur, dass er das Weihnachtsmannkostüm bei der Arbeit anbehalten durfte. Manchmal hatte er aber auch Kundinnen abgewiesen, wie zum Beispiel die siebzigjährige Oma, welche behauptete, dass sie die Frau vom Weihnachtsmann sei. Aber insgesamt machte dieser Job unwahrscheinlich Spaß, es gab nur ein kleines Problem: Die Weihnachtszeit war nächste Woche vorbei, was sollte er danach machen? Er seufzte bei dem Gedanken. Aber bald ist ja wieder Ostern, tröstete er sich!

Gefangene

Wir sind Gefangene unserer Seelen,
lassen uns von ihnen lenken.
Liebe, Hass sind nicht nur Worte.
Wir lassen uns von ihnen quälen,
anstatt einmal nachzudenken.
Emotionen, so wild wie eine Horde!

Wir sind Gefangene von Zwängen,
willenlose Sklaven der Gesellschaft.
Karrieredruck, Wohlstand und: …. Gier!
Wir lassen uns davon bedrängen.
Nennen uns frei und zivilisiert, doch sind in Haft
und vom Wesen bleiben wir: … ein Tier!

Nur wenige sind Gefangene ihrer Träume,
lassen sich von ihnen treiben,
phantasievoll und Ziele vor Augen.
Und sind es manchmal auch nur Schäume.
Einige werden für die Ewigkeit bleiben.
Man muss nur daran glauben!

Unerwünschte Begleiter

Sie lauern: versteckt und nicht greifbar
Du spürst es, wenn sie schleichend kommen
Sie brechen aus: kurze Intervalle!
Du empfindest Beklemmung, wirst unnahbar
Deine Gedanken werden verschwommen
und du fühlst dich wie ein Tier in der Falle

Du kannst dich nicht wehren,
unmöglich sie zu verdrängen
Eiskalte Schauer auf deiner Haut
Du schreist, möchtest dich erklären,
dass dich die Ängste bedrängen,
hast Angst, dass man dir deine Ängste nicht glaubt

Und du kämpfst und wehrst dich, doch sie sind wie Plagen
Du kannst sie nicht besiegen
Gesichtslose Gegner - vergebliche Schlacht
Dämonen der Seele, die wir mit uns tragen
Kein Kreuz, keine Religion kann sie bekriegen
Nur Therapeuten und der Tod haben die Macht

Den folgenden Wortspieltext trage ich zuweilen bei Poetry Slams vor:

Die unbekannten Weisheiten des 20. und 21. Jahrhunderts!

Ignoranten kann man nicht ignorieren
und auch Controller muss man kontrollieren!
Die Hippies sind schon lange nicht mehr hip!
Ein Tripper ist kein LSD -Trip!
Ein Tripper ist aber auch keine Reise!
Und Waisenkinder sind nicht immer weise.

Spießer gibt es nicht am Spieß (leider)
Miesmuscheln sind gar nicht so mies!
Die Piste ist nicht zum pissen da.
Bargeld gibt es nicht an der Bar.
Wahlhelfer helfen nicht den Walen!
Und Quallen leiden keine Qualen!
Der Hammerhai ist der Hammer!
Und Der Kammerjäger lebt nicht in der Kammer!

Pusteln bekommst du nicht vom Pusten.
Sorry, ich muss mal.... Husten!
Belag gibt es auf dem Brot und auf den Zähnen
Beim Glück und im Haar gibt es Strähnen.
Heidenheim ist kein Heim für Heidenkinder.
Beim Mundraub stiehlt man keine Münder!
Aufs Bocken haben die meisten Bock.
Der Hardrock ist kein Damenrock.

Otto ist ein Teil vom Motto!
Lotte ist kein Teil vom Lotto.
Der Bärlauch wächst nicht auf dem Bär.
Meerrettich gibt' s nicht im Meer!
Nahrung und eine Stadt heißen Essen.
Das Stangenfieber kannst du nicht mit dem Thermometer messen!

Die Junkies hassen Affen.
Spanner lieben es zu gaffen.
Den Kater gibt es in zwei Versionen.
Keine Völker sind die Halluzinationen!
Der Auerhahn hat keine Schmerzen.
Gerade sind nicht nur die Kerzen.
Der Silberfisch lebt nicht in Seen oder Flüssen
und der Küster nicht vom Küssen.
Die Näherin sucht nicht die Nähe
und der (crow) Krokus ist nicht der Kuss von einer Krähe

Der Hurenbock ist männlich, aber kein Tier!
Und die Bierwurst: Sie schmeckt nicht nach Bier!
Den Strauß gibt es in Afrika und früher auch in Bayern.
Und nicht nur der Reiher ist am Reihern!
Sabine ist ein Name und keine Bienenart.
So mancher Hartmut ist weder mutig noch hart!
Der Kakadu, du der ist nicht nur am Kacken!
Mancher Macker hat so seine Macken!
Der Blues ist keine Farbe,
kannst du ihn spielen ist er eine Gabe!
Pädophile, das ist nicht gelogen,
sind nicht dasselbe wie Pädagogen!

Nord und Südpol liegen nicht in Polen.
Einer Jungfrau hat man die Unschuld noch nicht gestohlen.
Bettschwere ist nicht das Gewicht vom Bett
und eine Anette ist nicht immer nett.
Ein Dreher, der dreht keine Dinger *und:*
im Swinger Club kauft man keine Hundezwinger!
Das iphone besteht nicht aus Eiern
und ein Würfelspiel heißt „Meiern"!
Einen ungezogenen Jungen nennt man Bengel
und Angel Dust ist nicht der Staub von einem Engel!

    Die Schlange vor der Kasse ist keine Natter
    und will man sich verkrümeln macht man die Flatter.
    Der Hermesfahrer ist kein Götterbote
    und ein Verwandter des Hundes ist der Kojote!
    Die Intriganten kann man schlecht intrigieren.
    Hat jemand eine Manie,
    hat er nicht unbedingt auch Manieren!
    Nassau ist kein feuchtes Schwein!
    Kein Waschmittel gibt es für einen Persilschein!
    Ein Papagei ist nicht zwangsläufig ein Vater.
    Ich sage danke euch allen hier im ??- Theater!!

??- Die letzten beiden Zeilen können je nach Auftrittsort verändert werden: z.B Nach 30 Klaren sehe ich nicht mehr so klar! Ich sage danke schön euch allen hier in der xxxBar!

Inhaltsverzeichnis

	Seite:
Widmung	2
Impressum	4
Vorwort	5

Kurzgeschichten:

Visionen eines Todgeweihten	6-10
Wüste, Pilze und der Tod	11-24
Ein ungewöhnlicher nächtlicher Spaziergang	25-28
Der Stein	29-31
Die kluge Tochter	32-34
Der Tunnel	35-52
Nachts an der Bushaltestelle	53-60
Die Befreierbefreiung (Fortsetzung der Befreiung)	61-74
Futterneid	75-76
Das Monster aus der Tiefe	77-79
Der Aufbruch	80-83
Die letzte Runde	84-90
Das Kreisbordell	91-96
A bloody Place **oder**: Das Leben ist ungerecht!	97-98
Weihnachtsmann-Special	99-100

Gedichte+Wortspieltext:

Gefangene	101
Unerwünschte Begleiter	102
Die unbekannten Weisheiten	103-105
Inhaltsverzeichnis	106
Nachwort und Dankeschö*n*	107-108

Anmerkungen, Nachwort und Dankeschön:

Zunächst einmal wieder der Hinweis, das sämtliche in den Geschichten vorkommenden Personen, Handlungen und Orte(bis auf die Buche in „Der Stein", dort diente eine wirklich ca. 250 Jahre alte Buche an einem See als Vorlage)frei erfunden sind!

Und dann natürlich an dieser Stelle wieder mein üblicher Dank an alle, die mir bei der Entstehung des Buches geholfen haben. Allen voran Thorsten S. und Thomas C. (Special Thanks zudem für das P.S.-Training), für die Korrektur einiger Texte! Ein spezielles Dankeschön und Gruß an Hr. W. aus Kiel, denn durch ihn ist die Idee zur Story „Das Kreisbordell" entstanden. Very Special Thanks an "VaJuDo" für die Erstellung des Covers, an J.W. (Die Gespräche mit dir waren sehr anregend für neue Storys) und nicht zu vergessen Hr. G. (Vielen Dank für die Fotos!!)

<u>Euch allen: Vielen Dank!</u>

Zum Schluss noch der Hinweis, dass ich jetzt doch meine anfängliche Abneigung gegen Facebook abgelegt und dort eine Autorenfanpage (unter :www.facebook.com/Jörg-Maaß-1468345000156891/ eingerichtet habe, wo ich von Zeit zu Zeit neue Texte poste und ihr mir auch kritische und (hoffentlich) auch positive Anmerkungen schreiben könnt!

Jörg Maaß